修订版

南都

贾梦玮 著

译林出版社

图书在版编目（CIP）数据

南都 / 贾梦玮著. -- 修订版. -- 南京 : 译林出版社, 2025. 1. -- ISBN 978-7-5753-0375-0

Ⅰ. I267

中国国家版本馆CIP数据核字第20245NZ005号

南都（修订版）　贾梦玮／著

责任编辑　王　珏
装帧设计　吴　悠
校　　对　梅　娟
责任印制　闻媛媛

出版发行　译林出版社
地　　址　南京市湖南路 1 号 A 楼
邮　　箱　yilin@yilin.com
网　　址　www.yilin.com
市场热线　025-86633278
排　　版　南京展望文化发展有限公司
印　　刷　南京爱德印刷有限公司
开　　本　890 毫米 × 1240 毫米　1/32
印　　张　7.625
插　　页　4
版　　次　2025 年 1 月第 1 版
印　　次　2025 年 1 月第 1 次印刷
书　　号　ISBN 978-7-5753-0375-0
定　　价　58.00 元

目录

张爱玲：根在南京

张爱玲似乎很少数说她的显赫家世，但晚年写的《对照记》是个例外，大概是人之将老，特别想追根溯源吧。那个流落美国的孤老太，形单影只地在自己的房间里用干枯的手整理着那些老旧发黄的照片，回忆着大洋这边曾经的显赫与破败、粉红与暗灰、甜蜜与悲凉，让旁人想着都要为之心酸。《对照记》共收照片54幅，大多是张爱玲自己的个照以及她与家人朋友的合照，除此之外，最多的就是她祖父母的照片。张爱玲自己在书中说："……满目荒凉，只有我祖父母的姻缘色彩鲜明，给了我很大的满足，所以在这里占掉不合比例的篇幅。"张家三代，张爱玲的母亲及张爱玲本人的婚姻都是很不幸的，她的两任丈夫胡兰成及赖雅在这本《对照记》中居然连一个背影都没有留下。张爱玲说她《对照记》取舍照片的唯一标准是怕不怕丢失，她最怕"丢失"的大概就是婚姻家庭，是夫妻在一个屋檐底下过日子，是一家人一起走过风风雨雨。她祖父母在南京生活的大宅子因此成了她晚年温暖的回忆，也给了我们无穷的想象空间。

这给了张爱玲很大满足的祖父母的姻缘想必在当时也是为人所美谈的吧。张爱玲的祖父张佩纶是清廷清流派的代表人物，为都御史，曾经攻击李鸿章议和。中法战争爆发，因他力主抗击法军，嫉恨他的人就建议由他这样一个书生督师，结果在福建马尾被法军打败，大雨中头顶一只铜脸盆才得以逃脱，后被贬热河七年。据《清史稿》记载，张佩纶罚满归京，听候起复，李鸿章不念旧恶，以女妻之，大概是为了延揽人才，也可能是张佩纶得到了李鸿章女儿的垂青。曾朴小说《孽海花》演义此事，说李鸿章千金擅诗，评张佩纶马尾之败有云："论才宰相笼中物，杀贼书生纸上兵"，对张佩纶颇有怜惜之意。张佩纶后来虽然娶了李鸿章的千金，但李鸿章与他为翁婿，反而不便保奏他了，夫妻只好避居南京，住入张侯府。

太平天国被灭后，南京还算太平，许多赋闲的文武都选择在南京定居，包括后来张爱玲的外公家。张侯府是清康熙年间张勇的府第，范围大致为现在南京白下路东段靠近大中桥的南京海运学校，东至斛斗巷，西至复兴巷，北至五福巷。张勇是降清明将，因征讨吴三桂有功，封靖逆侯，其子张云翼袭其爵位，官至江南提督。张家北京的府第在今北京地安门大街皇城根以东的那一段，过去称为铁狮子胡同（抗战胜利后称张自忠路），因为这一段路上的一所大宅子门前有一对铁狮子。该宅原是明崇祯田贵妃的父亲田畹的府第，据说吴三桂和陈圆圆就是在这里相识的，因此吴梅村《圆圆曲》中说"想见初经田窦家”。康熙年间,这吴三桂与陈圆圆最初相见的地方就在北京的张勇侯府。南京的张侯府可能是张云翼任江南提督时所建。清同治年间,张佩纶为迎娶李鸿章的千金不惜重金购下此宅。据说当时的建筑主要有三幢,呈品字形分布,南侧一幢似为主楼,东西两楼各连着一个花园。张佩纶将东楼命名为绣花楼,专为李氏居住,后人却习惯称之为“小姐楼”。

虽然张佩纶在任时也只是一个穷京官,但有李鸿章给女儿的嫁妆做经济基础,张家在南京的生活想来应该是不错的。张爱玲就说:“……我祖母的婚姻要算是美满的了,在南京盖了大花园偕隐,诗酒风流……”“我姑姑对于过去就只留恋那园子。她记得一听说桃花或者杏花开了,她母亲就扶着女佣的肩膀去看……”(《对照记》)在南京的这所带花园的大房子里,张佩纶夫妇不但合写了一本食谱,而且还合著了一本武侠小说,真正是“诗酒风流”了。但对从小受“修身,齐家,治国,平天下”教育的士大夫来说,光是“诗酒风流”显然是不够的。张佩纶定居南京后一直未能复职做官,以他的御史情怀,想必对时局有种种想法。同辈中,张之洞为两湖总督,吴大澂是湖南巡抚,盛宣怀是邮传部大臣,故人或有机会在南京相见,张佩纶想必是慷慨悲歌,泣下数行。老丈人李鸿章八十多岁了,还肩负重任与八国联军议和。李鸿章瘁死贤良寺后,他也许是觉得对不起恩师(他在书信上一直称丈人为“恩师”)父女,更是以酒浇愁,五十几岁就死于肝病。张爱玲祖母一直在南京的这所房子里孀居,直到47岁去世。据说祖母居时还写有这样一首诗:

四十明朝过，犹为世网萦。

蹉跎暮容色，煊赫旧家声。

小时候带张爱玲的老女佣就是过去祖母的女仆，据她回忆，那时“老太太”（指祖母）连用草纸也是很节省的，可见当时孀居的祖母带着一双儿女，也就是张爱玲的父亲和姑姑坐吃山空的窘境，真正是“煊赫旧家声”了。

张爱玲的父亲张廷重就出生在南京的这所房子里，并在这里迎娶了张爱玲的生母黄逸梵。黄逸梵亦是门庭显赫，祖父黄翼升是清末长江七省水师提督，亦称军门黄翼升。黄家在南京也留下了房产，在莫愁路上的朱状元巷14号，现在被称为军门提督府，明代本是朱状元府的一部分，黄翼升到南京任职后，曾将西侧厅改建为生祠，以炫耀其战功。皇帝命人查办此事时，李鸿章曾为其庇护——黄翼升本来就是李鸿章的部下。李鸿章的外孙迎娶黄军门的孙女，当初想必也是很轰动的。南京那带大花园的房子里张灯结彩，厅堂里高朋满座，金童玉女羡煞了多少人。但这些都没能给这对新人带来幸福，祖父母“色彩鲜明”的姻缘没能在后代身上延续。张爱玲说：“我母亲还有时候讲她自己家从前的事，但是她恨我们家。当初说媒的时候都是为了门第葬送了她一生。”黄逸梵虽然生于大家庭，但却是小妾所生，父母又早逝，因此童年并不幸福。她缠过脚，却又深受“五四”新潮的影响，二十年代出国留洋，跟徐悲鸿、蒋碧微等都熟识。欧风美雨，她已经是一个新派的女性。夏志清曾说她是一个了不起的女子。但新旧交替时代的女子往往命运多舛，嫁给了张廷重这个公子哥儿，接受了新思想的她自然无法容忍他吸食鸦片、嫖妓、娶姨太太，最终婚姻破裂，她本人孤苦地死在异国他乡。家庭的不幸自然给女儿张爱玲留下了抹不去的阴影。张爱玲虽然出生在上海的张公馆，但她的命运却与南京的祖宅隐隐相连。

世纪交替，世事变幻，张爱玲的父母搬离南京住到了天津、上海，张家的这所大宅子也几易其手。到了民国初年，张佩纶购下的这所宅子还有近两百间房，每间房都有48平方米左右，大花园依然完好。1909年，安徽督军柏文蔚在此办起了金陵崇实学校，占用了前面几十间，后面几十间住着柏文蔚的家眷。金陵崇实学校的学生是在南京的女子北伐队成员，有五百余人，请来的校长是后来成为著名语言学家赵元任夫人的杨步伟，当时只有20岁。学校分为工业部和学业部，学业部又分两级小学和两级中学，学员在校既可以学到文化知识，也可以学习织布、机器缝纫、刺绣等技艺，目的是培养部队人才。学校在杨步伟的领导下办得有声有色，得到柏文蔚和时任江苏教育司司长黄炎培的夸奖，民国元老李烈钧等也常去学校授课，深得学生欢迎。辛亥革命胜利后，革命果实被袁世凯窃取，1913年，张勋攻入南京之前，办了五年的金陵崇实学校宣布解散。

1927年，国民政府定都南京，次年实行五院制，立法院院长胡汉民大概是慕张佩纶之名，于1928年10月选择这里作为立法院，斛斗巷因此一度被称为立法院街（白下路那时被叫作中正街），张爱玲《对照记》中也提到此事。胡汉民在院内设立了法制、经济、财政、军事和外交五个委员会，办公室均设在西花园内，中央住宅辟为礼堂和会议室，胡汉民的办公室也在其中。东花园面积较小，被胡汉民用作住宅，一家人与行政院政务处处长陈融同住楼上，卫兵和用人住在楼下。但据说东花园不太平，常常"闹狐闹鬼"，怪事接连发生，胡汉民的一位身强力壮而且胆识过人的贴身警卫又在楼内原因不明地开枪自杀，弄得人心惶惶。胡汉民终于不堪其扰，把家搬到鼓楼广场东南侧清代名刹妙香庵附近的双龙巷去了。不知"狐"是谁家的"狐"，"鬼"又是何家之"鬼"，偏偏选在这张府闹事，而且有这么大的本事，把堂堂胡院长撵跑了。

抗战期间，南京城南是毁坏最严重的地区，张家祖宅也未能幸免。后来上海的中国公学部分校友在此址复校，仅设中文、政经、法律、商学四系，并附设高中部，学生约有四百人。

张爱玲的第一任丈夫胡兰成对张爱玲的显赫家世津津乐道，在南京任汪伪宣传部次长时（胡兰成那时住在鼓楼三条巷21号），曾特地去看过这所房子，《今生今世》有记载：

> 张家在南京的老宅，我专为去踏看过，一边是洋房，做过立法院，已遭兵燹，正宅则是旧式建筑，完全成了瓦砾之场，废池颓垣，惟剩月洞门与柱础阶砌，尚可想见当年花厅亭榭之迹。我告诉爱玲，爱玲却没有怀古之思，她给我看祖母的一只镯子，还有李鸿章出使西洋得来的小玩意金蝉金象，当年他给女儿的，这些东西，连同祖母为女儿时的照片，在爱玲这里就都解脱了兴亡沧桑。

胡兰成自己虽然认为与张爱玲相知甚深，但张爱玲心中的沧桑，特别是她感情上所受的伤害，对婚姻家庭的看重，恐怕不是胡兰成所能完全理解的。这位自喜于拈花惹草而且道理十足的主儿怎么能理解张爱玲心中苦楚呢？胡兰成自喜沾沾地将他和张爱玲的“风流韵事”写进了《今生今世》，而张爱玲在与胡兰成离婚后却再也没有提起这段往事，正如《诗经》里所说的：“于嗟女兮，无与士耽。士之耽兮，犹可说也。女之耽兮，不可说也。”张爱玲说，《诗经》中她最喜欢的是这么几句：“死生契阔，与子成说，执子之手，与子偕老。”张爱玲“与子偕老”的理想只能转化为对祖父母隔代的追忆与想象了。

1949年共产党执政后，张爱玲祖宅原址办起了南京远洋航运学校，再次成为学校所在地。经过多次的战争，加上拆旧建新，原来张家旧宅的建筑基本荡然无存，只有一些石础、石阶还依稀可见。张宅西花园遗址仅剩一棵罗汉松，植于清代，高约丈许，直径盈尺，虽然已经被雷电击得谢了顶，但春天一到，它必定发芽抽出新枝。可1995年春天，它竟然不再返青；也就是在这一年，张佩纶的孙女张爱玲在美国去世。这正应了张爱玲谈到她的祖父母时所说的：“我没赶上看见他们，所以跟他们的关系只属于彼此，一种沉默的无条件的支持，看似无用，无效，却是我最需要的。他们静静地躺在我的血液里，等我死时再死一次。”

靠张爱玲祖宅东花园遗址不远就是秦淮河，秦淮河水仍静静地流淌着。

战争与菩提：1865往事

要品尝历史的况味，不仅要放宽历史的纬度，而且须要拉长历史的经线。就人生来说，百年已经够长的了，但在历史的长河中，也就是那么一段插曲、一卷浪花，从中真的看不出什么名堂来。百年看人生，千年勉强可以知历史，对于南京长干里这样的历史文化厚集区，千年才刚刚轮回为一个小单元。如今位于长干里的晨光集团的生产车间已搬离，这里已是一片创意产业园区，有高档宾馆和休闲餐饮会所、创意公司和艺术家村，灯红，酒绿。可其肇始，却是1865年两江总督李鸿章创办的金陵机器局，当年戒备森严，生产的是杀人机器。1865年是个时间的节点，这个科技创意产业园便以“1865”冠名。

1865园区现存七栋清代建筑和十一栋民国建筑。厂史陈列馆的三栋建筑是园区内年龄最大的厂房，名称和建造年代当年都刻在门额上：“机器大厂 同治五年”、“机器右厂 同治十二年”、“机器左厂 光绪七年”，旁边有铸铁立柱，上面刻有“光绪四年金陵机器局监制”的字样。这些文字如今都还清晰可见。1865园区为中国民族工业肇始地之一，至今已近160年，其间沿革不断，一砖一瓦都见证着中国近现代史。三藏殿、大报恩寺遗址、国民政府时期的历史遗存，二十世纪五六十年代、七八十年代的历史与实践，也都可以在这里找到它们留下的痕迹：历史就是这样一层一层地涂抹。历史的恩恩怨怨似乎已经淡去，意识形态的更迭也无法阻挡后人对先人、往事的回忆与怀想。时间创造了一切，也改变了一切，诠释着一切。时间老人嘴角的一抹微笑，常常让我感怀不已……

1865年是个不同寻常的年份，对于南京（金陵）这座饱经风霜的城市和李鸿章这个大清朝冉冉升起的新星来说，意义更是不同寻常。彼时，南京的硝烟刚刚散去，百废待兴；李鸿章正当男人的盛年，功高而意兴。

上年，洪秀全盘踞了12年的金陵被攻克，江浙肃清，清廷赐封劳苦功高的李鸿章一等伯爵，并赏戴双眼花翎。1865年，因原两江总督曾国藩被命为钦差大臣，督军剿捻，李鸿章暂署两江总督。5月22日，李鸿章意气风发，到任金陵。是年，李鸿章42岁，已经经历了诸多国内国际大事，眼界大开，他深深认识到：闭关锁国已无可能。在给皇帝的奏折中，他说：“臣查各国条约已定，断难更改。江海各口，门户洞开，已为我与敌人公共之地……今则东南海疆万余里，各国通商传教，来往自如，麇集京师及各省腹地，阳托和好之名，阴怀吞噬之计，一国生事，诸国构煽，实为数千年未有之变局。轮船电报之速，瞬息千里！军器机事之精，工力百倍；炮弹所到，无坚不摧，水陆关隘，不足限制，又为数千年未有之强敌。外患之乘，变幻如此，而我犹欲以成法制之，譬如医者疗疾不问何症，概投之以古方，诚未见其效也。”（《筹议海防折》）。在任江苏巡抚驻师上海时，李鸿章参观洋军，深受触动，曾有信给曾国藩说：“鸿章尝往英法提督兵船，见其大炮之精纯，子药之细巧，器械之鲜明，队伍之雄整，实非中国所能及。其陆军虽非所长，而每攻城劫营，各项军火皆中土所无，即浮桥、云梯、炮台，别具精工妙用，亦未曾见。深以中国军器远逊外洋为耻，日戒谕将士虚心忍辱，学得西人一二秘法，期有增益而能战之。若驻上海久而不能资取洋人长技，咎悔多已。”（《李文忠公全集·朋僚函稿》）在和洋人“常胜军”共同剿灭太平天国的过程中，李鸿章更是亲身见识了洋人“船坚炮利”的威力与威胁，以及对内镇压的不可或缺。太平天国的失败是湘军、淮军和洋枪队合力围剿的结果，洋枪洋炮发挥了至关重要的作用。善于总结的李鸿章认识到“洋务”的重要性与紧迫感，制枪造炮成为“洋务运动”的当务之急和重中之重，新式战争武器的创新制造，成了自立自强、救人救国的优先选择。

因此一到南京，李鸿章马上将他在苏州创办的洋炮局迁来，以其机器设备、生产材料、管理人员为基础，在南京创办了金陵机器局（也称“江宁机器局”），为当时的四大兵工厂之一（另三家是同年在上海创办的江南机器局、左宗棠1866年在福建创办的福州船政局、崇厚1867年创办的天津机器局）。江南机器局和金陵机器局的建立，是李鸿章洋务生涯之始，也是中国历史上的大事。前些年北京建起来的中华世纪坛的青铜甬道也刻上了这一重要历史事件："公元1865年乙丑，清穆宗同治四年，南京设金陵机器局。"

金陵机器局是今江苏境内第一家引进西方技术的兵工厂，"屋宇皆仿外洋之式营造，以道员一人掌之。购机器于外洋，募洋匠为师，督诸匠制造炮位、门火、车轮盘架、子药箱具、开花炸弹、洋枪抬枪、铜帽等项，解济淮军及本省留防勇营之用。"（《光绪续纂江宁府志》）在当时的南京，这无疑是个新鲜玩意儿，连1860年就提出"师夷智以造炮制船"的曾国藩都惊叹："制造各种机器，皆用火力鼓动机轮，备极工巧。其中如造洋火铜帽，锯大木如切豆腐。"这对于闭关锁国多年的农耕社会来说，其震撼力可想而知。

尽管如此，开始时的状况相当简陋。枪炮子弹为主要产品，后来兼及枪炮甚至舰船。因工艺不过关，曾发生多起事故，炮弹试射时炸死多人。连李鸿章自己也说："近始兼习洋枪、小炸炮，以剿内寇尚属可用，以御外患实未敢信。"（李鸿章《筹议海防折》，同治十三年十一月初二日，《李文忠公全集·奏稿》第二十四卷）。后来不断兼并扩建、引进人才，规模始大，质量得到提高。就是这样一座厂，当年也曾创造过多项全国第一，可见当初民族工业的落后程度。1865年，中国科学家徐寿、徐建寅父子在这里建成了中国第一艘轮船"黄鹄"号，当年3月在南京举行了“黄鹄”号的首航仪式。1886年后，自行设计建造了中国第一座铸钢炉，炼出了中国第一炉铸钢，成功制造中国第一门克虏伯式后装线膛纯钢炮。1888年，徐建寅克服重重困难，试制成功当时先进的马克沁重机枪（当时又称为“赛电枪”），此为中国第一挺重型机枪。遗憾的是，中国科学家创造的这些“第一”都没有完整的实物留下来，历史被轻易丢弃。“黄鹄”号大多数时候被曾国藩家族使用，其夫人返湘，“黄鹄”常为护航船，从金陵溯江而上，声势和面子很是了得。后来，“黄鹄”由徐寿父子于同治六年驾往上海，停泊在江南制造局码头。由于滥用而疏于修理，船体多处渗漏，不久沉没于黄浦江中。光阴匆匆流走，不留一丝痕迹。

大清朝还是亡了。李鸿章也在国人的误解与声讨中逝去，给后人留下了历史人物研究的沉重课题。民国建立了，又被从大陆赶去了台湾。金陵机器局制造的武器，清政府用来镇压过国内的反叛起义，偶尔也打过洋人；国民党掌握此厂后，制造的枪弹杀过日本人，也杀过共产党；日本占领时期，这里制造的武器既打国民党也打共产党。艰苦卓绝的十四年抗战胜利后，国民政府还都南京，金陵兵工厂（金陵机器局）厂长李承干回到阔别已久的厂区，为一个民族的大难不死喜极而泣，连西服也来不及脱下，就和同事一起跃入游泳池中，欢呼来之不易的胜利。哪知和平并没有真正来临，国共和谈破裂，这里生产的武器弹药又一次用来对付自己的同胞。1949年，共产党接管后，这里被称为“中国人民解放军二野后勤部军械部军械总厂”，后又改为“国营307厂”(1953年)、“国营晨光机器厂”(1957年)、晨光集团公司(1996年),其航空科技成果如今已贡献于“神舟”太空旅行、“嫦娥”登月计划。

金陵机器局的厂址当年选在聚宝门(今中华门)外古长干里,就是李白《长干行》“郎骑竹马来,绕床弄青梅。同居长干里,两小无嫌猜”的那个长干里。此地也是佛教三大舍利汇聚之地,真的也是“无嫌猜”。金陵机器局原址,加上以后不断的改建扩建,覆盖了历史上多个佛教建筑遗址:建初寺、长干寺、天禧寺、三藏殿、西天寺、大报恩寺,佛教寺庙在这里一次次毁于战争,累废,累建。历史的一面是“建设”,另一面是“毁灭”;一面是入世的战争,另一面是出世的宗教。待到李鸿章选址建厂时,这里已是一片废墟。制造杀人武器而且要不断升级换代的兵工厂选址在佛教圣地,客观上颇有讽刺意味。

佛教是世界上唯一没有宗教审判、没有异端迫害、没有十字军“圣战”,且与暴力无涉的世界性宗教。佛教进入中国当然和战争征服没有关系。公元248年,印度高僧康僧会在东吴大帝孙权的支持下,在长干里创建了建初寺,并建第一座阿育王塔,供奉他从印度带来的佛祖真身舍利。此为中国南方第一座佛教寺庙,不久成为长江以南的佛教传播中心。建初寺存在了100年左右,毁于东晋司马衍时期的“苏峻叛乱”。后重建,建初寺易名为长干寺。东晋孝武帝宁康年间,高僧刘萨诃在长干寺发现了佛祖真身舍利,以及佛祖发、爪等圣物,长干寺遂成为佛教圣地，其后寺内又建起了两座阿育王塔。公元537年，崇佛的梁武帝下令对长干寺进行扩建改造，并将佛祖真身舍利及发、爪分为两份，分别放入两塔地宫之中。据佛教史记载，当天晚上，藏入舍利的两塔顶部同时大放光明。隋唐时，长干寺地面建筑再次毁于战争，但因佛祖舍利在此埋于地下，因此不可避免地被人“惦记”。唐长庆四年(824年)，润州刺史李德裕打开长干寺阿育王塔地宫，找到21枚舍利。其中11枚被李德裕请往润州(今镇江市)，在甘露寺建塔供奉，1136年后的1960年被考古发掘出土；另外的10枚仍留在长干寺，1186年后的2010年终于在南京重放光明。

北宋大中祥符年间，因埋在长干寺地下的佛祖舍利经常显灵，全城僧众累有感应，宋真宗因此下诏重修长干寺，并兴建九级佛塔，真宗以10颗感应舍利为由，为塔赐名“圣感舍利塔”。借此机会，北印度高僧施护又将其带来中国的佛顶骨舍利献给长干寺，也藏于新建的宝塔地宫之中。天禧二年(1018年)，真宗根据他的新年号，将长干寺更名为天禧寺。此后，长干寺(天禧寺)继佛祖真身舍利、佛顶骨舍利之后，又迎来了第三份舍利，这就是玄奘顶骨：宋代天圣年间，长干演化大师可政传得玄奘顶骨，并带回金陵，葬于古长干寺的东岗，上建白塔。此事见载《景定建康志》和元《至正金陵新志》。洪武十九年(1386年)，玄奘顶骨因故迁葬于长干寺南岗，上建喇嘛塔形式的三藏塔，后来又在塔前建起了三藏殿。

宋、元两朝，天禧寺一直是地位崇高的江南大刹，忽必烈甚至将秦桧家族位于南京江宁的家庙“旌忠寺”没收，拨给天禧寺作为下院。天禧寺庙宇在元末动乱中被毁，所幸圣感舍利塔保存了下来。朱元璋定都南京后，曾对天禧寺进行大修，寺、塔焕然一新；永乐六年（1408年），天禧寺不幸毁于人为纵火。

四年之后，明成祖朱棣下令在天禧寺原址重建佛寺，名为“大报恩寺”，“准宫阙规制”，规模、规格均超越从前，成为明的皇家寺院。

关于重建大报恩寺的缘由，有两条较有说服力。朱棣的皇位夺自他的侄子，其合法性遭到质疑，大报恩寺这样的恢宏巨制颇能证明他的雄才大略，他需要这样一件作品来说明一些问题。朱棣为了增加他夺取皇位的合法性，一直坚称自己是太祖和马皇后的嫡出，而实际上，他乃其父朱元璋的碽妃所生，而且，碽妃当年可能是犯了什么法规，被朱元璋处以“铁裙”之罚，最终被折磨而死。朱棣这个可怜的儿子，不得不隐藏苦涩的母子之情，这越发使他要尽一切可能报答生母，那个已不在人世的母亲。皇帝朱棣要报此母恩，南京大报恩寺——天下第一寺应运而生，当然是佛寺之冠，宇内第一。皇权成了至亲之桎梏，转而向宗教求助。

朱棣是大报恩寺的创意者，明确要求此寺要“弘拓故址，加于旧规，像貌尊严，三宝完具。殿堂廊庑，辉焕一新，重造浮图，高壮坚丽，度越前代”。由于这样的高严要求，朱棣在世未能看到蓝图变成现实，直到他的孙子宣宗皇帝朱瞻基当政的宣德三年（1428年），大报恩寺历时十七年才全部完工。这座皇家寺庙占地面积四百余亩，亭台楼阁，众多建筑鳞次栉比，在全盛时期，称得上是人间的“西天胜境”、“天上瑶台”。其当年的正殿只比中国古代最大的建筑北京故宫太和殿略小一点，废墟中留下的柱础边长达2米，深达13米，甚至超过了南京明故宫的柱础，为明代南京柱础之最巨，据此可以想象明代大报恩寺的“准宫阙规制”。

更“意外”的是，这座大殿当年供奉的不是通常寺庙供奉的释迦牟尼及其前世来世佛祖，而且大多时间保持锁闭状态，只有礼部祭祀官员可以定期进入。正殿中祭祀供奉的，非佛、非神、非仙，正是永乐皇帝朱棣的生母——碽妃，那个只能偷偷享受无上哀荣的母亲。

正大光明进入人们记忆的是大报恩寺琉璃塔，名副其实的“天下第一塔”。通过口传、绘画、诗词、歌谣等形式，南京大报恩寺塔声名远播，是相当长一段历史时期内中外人士的共同记忆。在逶迤的秦淮河、明城墙边，高耸云日、巨构殊形的佛塔雄视海内外，在它屹立的四百多年内，没有任何一座建筑能和它相比。在南京城任何地点，都能看到它顶天立地的身影；登至塔顶环顾周遭，山水城林、万户千家、庙宇宫阙，尽收眼底。

大报恩寺塔共九层，通高“二十四丈六尺一寸九分”，足有26层楼那么高。下大上小，逐级内收，每层所用构建数目相同，只是尺寸一一变小。塔的最上部安装塔刹，底部是两个盆形的“承露盘”。这巨大的承露盘每只都重达九百余斤，大概是不便搬运的缘故，一直到二十世纪三十年代仍保存在大报恩寺遗址，日本军队侵入南京后，此物不知所终。塔的最顶端是纯金制成的宝珠，重达二百余两。塔刹有八根铁索与顶层檐角连接固定，铁索和每层的檐角都悬挂着铜制的风铃，共有152只之多，即使微风吹动，也数里声闻。清代黄之隽有《登报恩寺塔绝顶》："到眼无埃壒，苍茫入素秋。万家斜照外，千古大江流。金碧翔霄表，虬龙压石头。长安称雁塔，此亦旧皇州。"诗中所说长安大雁塔所在的西安大慈恩寺，为李治登天子位前为纪念他的母亲所建，是为登基造势，是锦上添花；而大报恩寺却是巨大的悲情所在，且因其隐秘，也就分外巨大。

南京大报恩寺塔闻名海内外，最重要的原因还是它的通体琉璃。琉璃需要经过两次高温烧制，制作工艺复杂，当时的西方人还没能掌握此项技术，在中国也是最高等级的建筑材料，只有宫殿等皇家场所才能使用。由于琉璃塔琉璃构件的形状、大小、颜色和纹饰的差异，制坯和烧制更为不易。为了以后的维修方便，当时每个构建都烧制了三套，备用的两套藏在地下，每件的背面都有编号，并标明它所在的位置。在琉璃塔存世的四百多年间，曾有过多次维修，都是调用了琉璃的备用件。张岱《陶庵梦忆·报恩塔》记载，"塔上下金刚佛像千百亿金身。一金身，琉璃砖十数块凑砌成之，其衣褶不爽分，其面目不爽毫，其须眉不爽忽，斗榫合缝，信属鬼工"，"海外蛮夷重译至者百有余国，见报恩塔，必顶礼赞叹而去，谓四大部洲所无也"。西方来华传教士认为大报恩寺塔是"堪与世界七大奇迹媲美的建筑奇迹"。

琉璃塔还是深夜里长明的佛塔。最初设计时琉璃塔在九层的每一面墙壁都留了两扇窗户，每层16扇，共计144扇。那时玻璃还没有引进过来，这些窗户都是用磨制极薄的蚌壳加以封闭，是当时中国最好的采光材料，被称为“明瓦”。每当夜色降临，无论月朗星稀还是风高月黑，144扇窗户后面的油灯都会被点燃，彻夜不息。无论在城里什么位置，甚至在长江的渔舟之中、秦淮的画舫之内，只要你想要看到它，都可以看到这长明的佛塔，在漫漫长夜里为人们带来安宁、信心、温暖和希望。

南京大报恩寺塔被张岱称为“中国之大古董，永乐之大窑器”，是中国古代宝塔艺术的最高峰。朱棣的旷世悲情、天才的设计、极高的建筑技巧和明朝强盛期国家雄厚的经济实力、高效的组织运营能力，共同铸成了大报恩寺琉璃塔这一旷世杰作。

南京大报恩寺塔当年被西方人称为“The Porcelain Pagoda of Nanjing”，也就是“南京瓷塔”。16世纪末，西方人特别是传教士开始进入南京，无不被南京琉璃塔所震撼，他们通过信件、绘画、著述等方式将这一奇迹介绍到了西方。葡萄牙籍耶稣会士曾德昭（Álvaro de Semedo）1613年来到南京，后来在他所著的《大中国志》中称赞大报恩寺塔“是一座足以和最著名的古罗马建筑媲美的豪华建筑”，并因此给了南京极高的评价：“我认为它是全国最大最好的城市，优良的建筑、宽大的街道、风度优雅的百姓，以及丰富优良的各种物品……无数的宫殿、庙宇、塔楼和桥梁，使城市显得非常壮丽。”1655年，东印度公司组团来华，随团画师约翰·纽霍夫（Johan Nieuhof）一路边走边画，留下了大量关于中国的写生作品，大报恩寺塔是他重点描摹的对象之一。在图像媒体欠发达的时代，这些画作在西方出版后，影响深远，直接起到了对十八、十九世纪的“中国潮”推波助澜的作用。他在给东印度公司的报告和留下的游记中写道:“在南京城南边城外的山坡上有一座著名的寺庙——大报恩寺。该寺由几座非常漂亮的房舍组成。这些建筑造型奇特古朴，可列为中国最著名的工程之一。那些异教的和尚们为我们打开庙门，并让我们参观一座约有一万尊塑像的大殿。寺庙的正中央建有一座瓷塔，是在鞑靼人到来的七百多年以前建造的，历经多次战乱，迄今安然无恙。它的光辉业绩完美地证明了那句关于‘不朽’的古谚。站在塔的最高层，可以俯瞰全部城区和市郊，一直看到长江对岸，如此稀世奇观真叫人赏心悦目。尤其是如果注意到这个城市的幅员之广，以及城的两翼从城墙外一直延伸至长江边时，就更觉得这个城市壮丽无比。上面说的那座塔共有9层184级阶梯，里外都有漂亮的塔廊。所上的釉有黄色、红色，还有绿色。楼台上有通气孔和铁栅窗。各个檐的角都挂着铜铃，随风飘动，铃声不断。塔尖钉着一个沉重的松果，据说是用纯金制成。大报恩寺中所有的营造都美轮美奂，巧夺天工，浸染着古老的中国风，我想整个中国也没有别的地方能与这里媲美了……而琉璃塔是精品中的精品，展现了中国能工巧匠独特的才华和智慧。当我由这件艺术杰作联想到其他所有的艺术杰作，由这座非凡的建筑追忆起其他精妙的建筑时，一个念头袭上心头，我要以诗将它凝固，将这座宝塔与世界七大奇迹并置。这在西方可能显得十分荒谬——我，一名基督徒，竟然会被一座异教的庙宇如此折服！”

1687年来南京的法籍传教士李明（Louis Le Comte）称大报恩寺塔是“整个东方地区最好的建筑、最为高贵的大楼”。1768年，法籍耶稣会士晁峻秀（François Bourgeois）来到南京，为“南京瓷塔”震惊之余，还为它做了全面的测量，留下了珍贵的数据资料。

随着十七、十八世纪中国影响力的增强，因了耶稣会士、使华商团对南京的介绍、引荐，“南京瓷塔”也进入了西方人的历史记忆和梦想之中，甚至安徒生的童话中。1839年，安徒生创作了童话《天国花园》，描写了一个风的家庭，有风妈妈和她的四个孩子：东风、西风、南风、北风。东风自然穿着中国的服装，刚从中国飞回来，他这样给风妈妈描绘对中国的印象：“我在瓷塔周围跳了一阵舞，把所有的铃都弄得叮当叮当响起来。”“南京瓷塔”真的就如天国一般、童话一般。

历史进入了近代。1840年代，鸦片战争以中国惨败告终，中国历史上第一个不平等条约——中英《南京条约》在南京长江江面上的英舰“康华丽”号上签署，俯瞰长江的大报恩寺塔默默见证了这一切，见证了中国从古代的辉煌骄傲走进了近代的坎坷屈辱。中英谈判期间，英国海军画师高达、怀特和军官柏纳德曾慕名游览大报恩寺，留下了大量关于琉璃塔的素描作品；柏纳德在他的书中对大报恩寺也有详细的描写。他在书中还写到，英国人在参观这座闻名中外的宝塔时，争相剥取塔面的琉璃砖和塔内的金佛作为纪念品。柏纳德“文雅”地评说道:“基于一种并非不自然的欲望,要想攫取一些样品或纪念品,用来纪念这第一次可能也是最后一次莅临这个帝国的古都,遂使发生不少剥取、损坏这座建筑物的外部某些部分,以及内部大量金佛的事实。”后在寺院住持、僧人的严正交涉下,侵略者为此支付了相当数量的赔偿金。清人顾云在其所著《钵山文录》中对此记载:“道光二十五年八月二十五日,洋人游寺登塔。”短短数语背后,内心不知是怎样的波澜。洋人以侵略者的姿态而来,而且开始染指高贵的大报恩寺佛塔,这次真的是:狼来了。

这是晚清的“外患”。还有“内忧”,主要是太平天国。清军与太平军对南京的争夺,使南京遭受了空前的浩劫。太平军占领大报恩寺制高点之后,居然在夜间把寺内供奉的五百罗汉搬出来,用作疑兵诱敌,以吸引敌军火力。此时的大报恩寺塔已是遍体鳞伤。太平军盘踞南京期间,美国驻华全权代表麦莲曾率团至南京与太平天国政权接触,并参观慕名已久的大报恩寺塔。随团的海军军官法斯后来在报告中如此描写见到的大报恩寺塔:“……到达这座桥(指长干桥——引者注),琉璃塔就清晰可见了……它矗立在城壕的外边,城墙的南边。它的四周是一块面积有几英亩大的方形空地。空地的外围建有高大的佛殿和僧房,但是现在都被毁坏,倒在地上了。巨人似的偶像被打成无数的碎片。琉璃塔立在一块八十英尺见方、十二英尺高的坚实的石台上,方台的四周有石阶梯……不久之前,一架螺旋形楼梯一直上升到塔顶,给观赏者一个爬上塔顶去欣赏世界上所能看到的最精彩、最美丽的风景之一的机会，可是现在它已躺在塔底变成了一堆垃圾。破坏并不止于此。庄严的雕刻佛像，从头到脚都被破坏了。前代人通过金冠、灵杖以及其他的装饰物赋予这些活生生的神以巨大的威力，而今这些金冠、灵杖以及其他的装饰物皆被打得稀巴烂。这些偶像一度足以支配虔诚的菩萨崇拜者的迷信的力量，现在不但不存在，反而成了人们嘲笑的对象。面对这个巨大而无比壮丽的建筑物的破坏和毁灭，人们不免感到悲哀，虽然这塔依然还静立在原地，无声谴责内战的罪恶。”两年之后，琉璃塔终于在太平天国的“天京内讧”中彻底毁灭。韦昌辉先是在洪秀全的秘授下诛杀了东王杨秀清，因此与石达开产生了矛盾；石达开出走后，他又杀光了石达开全家。由于担心石达开的部队夺取城南制高点攻击南京，韦昌辉竟下达了炸毁大报恩寺琉璃塔的命令。先是挖空底座，埋上炸药，毁坏琉璃塔的根基，然后用火炮直接攻击琉璃塔身。这个在大地上屹立了四百多年，让中外无数人惦念、向往、梦想的巨人终于轰然倒下，遍地瓦砾。炮击引起的大火将大报恩寺残存的建筑烧毁殆尽。

至此，大报恩寺琉璃塔便只存在于记忆之中、人们的梦里，还有无数的故事笔记、小说戏曲、儿歌小曲之中。1937年，浙江海宁的吴世昌先生在文章里写道：“南京报恩寺塔，为近世东南最壮丽之建筑。余幼时习闻民间歌谣，有《金陵宝塔》之曲，低徊重叠，九复其词，叙其庄严宝相，风铎檐灯，穷极富丽仙逸之致。儿时茫昧，初不知其所歌何事，长习书志，始悟殆即报恩寺塔也。其时去洪杨毁寺之年，盖已六十余载，南京离吾乡亦且千里，而流风余韵，犹能摇人神魄如此……”一直到1949年前后，民间还在传唱时调《数金铃塔》，唱说南京大报恩寺塔：“不唱东京并西京，单唱南京一座城。南京城外有座报恩寺，玲珑宝塔共九层。层层上面有宝盖，角角上面挂金铃。一个金铃四两重，两个金铃共半斤……金陵塔，塔金铃。玲珑宝塔要数第一层。一个和尚一卷经，一个木鱼一个磬……点起灯来盏盏亮，诵起经来朗朗声。里面人看不见外面人，外面人看不见里面人……”据说这唱词创作于一百多年前的清代，那时宝塔还在……

几百年来，大报恩寺塔遭遇无数次自然灾害和意外损伤，但一次次都活了下来，它的最后倒下，是国人对它举起了屠刀……这一次，大报恩寺塔真的是不在了。大地一片干净。地下的一切，等待着时间来发现、挖掘。

1930年代南京兵工厂增建厂房时，曾挖出一完好的铜质古塔，高约三尺，底座约两尺见方，七级八面，每面的顶端各系铜铃。据同时出土的碑文记载，此塔为盛放名高僧班的答的舍利子而建。班的答为印度来大明传道高僧，当时江、淮、闽、浙等地的佛教徒不少在家供奉他的画像；洪武二年（1369年），明太祖朱元璋赐给银章，称为“西天善世禅师”。据《金陵梵刹志》载，禅师圆寂火化后，“获五色舍利子无算。烟焰所及，凝缀松柏，咸若贯珠。车驾临视，赐名西天寺”。清初，西天寺之名几近无闻，但建筑尚存。汪世清《石涛诗录》记载，大画家石涛38

岁时（1679年），“夏五月避暑西天寺怀谢楼”；39岁（1680年）定居西天寺前面的长干寺。”可见，那时的西天寺和长干寺（大报恩寺）还比邻而居在这片土地上。

1937年，日军占据金陵机器局期间，因在三藏殿后小山头上建造神社，挖出一石函，盛有包括玄奘顶骨在内的众多佛教圣品，但日军为独吞文物，一直对外封锁消息。1943年2月3日，汪伪的《民国日报》披露了此事，迫于舆论压力，文物不久被移交给汪伪，伪外交部长褚民谊签收。移交的文物包括玄奘顶骨、纳骨小龛、金质佛像、黄铜佛器、瓷器、珠宝、古钱等。1944年在南京小九华山建造一座新三藏塔，安葬玄奘顶骨的一部分。玄奘顶骨的其余部分被褚民谊分放，有的在国内，有的被日本人窃走。今天可以查实的，有北京广济寺、天津大悲院、成都静慈寺、南京博物院各一份；西安兴教寺的一份是中日邦交正常化后由日本送还的；天津的一份，1957年经中国政府同意，由达赖喇嘛护送至印度，安放于玄奘当年留学讲经的那烂陀寺的纪念堂内；被日军窃走的部分，藏于日本琦玉县慈恩院，后又分出一部分给台湾省，安放于日月潭寺塔。南京博物院的一份几经周折，1973年移入灵谷寺玄奘法师纪念堂的木塔中。

大报恩寺地宫的惊天发现注定要等上千年。

2008年前后，经国家文物局批准，南京对大报恩寺琉璃塔地宫进行发掘，10颗感应舍利及佛顶骨得以重光。因明代大报恩寺琉璃塔完全建在北宋大中祥符四年所建长干寺的塔基和地宫上，密封了千年的北宋长干寺地宫被打开。地宫中出土的所有物品均为北宋大中祥符四年所藏。地宫出土的“金陵长干寺真身塔藏舍利石函记”的铭文，详细记载了北宋大中祥符四年（1011年）金陵长干寺住持可政大师得到宋真宗的支持，修建九层宝塔，藏“感应舍利子10颗，并佛顶真骨”，“内用金棺，周以银，并七宝造成阿育王塔，以铁函安置”。后来的考古发现与此记载完全一致。除了感应舍利和佛顶真骨外，地宫还出土了以七宝阿育王塔为代表的一万两千余件各类供养器物，包括金、银、铜、水晶、玻璃、玛瑙、丝绸等多种质地的物品，成为继上世纪陕西法门寺之后又一重大的佛教宝库，也是21世纪迄今为止最重要的考古发现。2010年6月12日，在海内外108位高僧大德的吟诵声中，“释迦牟尼佛顶骨舍利盛世重光大典”在南京栖霞寺举行，通过电视镜头，全世界共同见证了佛顶骨舍利和10颗感应舍利重光的全过程。至此，10颗感应舍利在南京地下藏了1500年，佛顶骨在南京地下藏了千年——这也是目前所知世界上唯一的佛顶骨。

后人可以通过多种途径、多种方法了解前人、往事，孙权、朱元璋、朱棣、西天善世禅师等前人能知道他们身后在此发生的事情吗？舍利倒是一颗没少。佛教的慈悲与救赎有时“命悬一线”，但从来也没有断绝过。

后来的晨光机器厂、晨光集团倒不是完全与佛无缘。有众多佛像由其制造：香港天坛大佛（高26.4米）、无锡灵山大佛（高88米）、泰国吻洞大佛、澳门观音像、山东南山大佛、海南三亚观音像（高108米）、重庆华岩金佛、峨眉山十方普贤铜像、苏州重元寺观音像等等。晨光机器厂既是航天军工企业，也是举世闻名的佛像制造企业。佛寺的废墟上建兵工厂，军工企业铸制佛像，这是一种悖论，也是一种轮回？杀解决不了的问题转而向宗教寻求支持？屠杀与慈悲，这又是怎样一对矛盾的概念，怎样一种因缘际会？

我的脑海里又出现了时光老人嘴角那一抹微笑，神秘，促狭，意味深长……

出入栖霞

世间大概没有哪国人像中国人这样纠结于“进”“退”与“出”“入”之间。有时进不如退，有时进不得也退不得；有人以进为退，有人以退为进。汉语中的成语“进退维谷”最早见于《诗经》，很好地描绘了国人“进”也不是“退”也不是的尴尬。范仲淹的名篇《岳阳楼记》似乎最少纠结于进退之间：“居庙堂之高则忧其民”（进），“处江湖之远则忧其君”（退）；但也不得不承认：进亦忧，退亦忧；最终得出了“先天下之忧而忧，后天下之乐而乐”的著名结论。宋朝是文人士大夫活得最好的朝代，进退尚且如此；社会动乱和极端专制的时期，进与退，免不了又成为文人士大夫的人生抉择和精神向度。“穷则独善其身，达则兼济天下。”这是孟子的话，儒家的理念，前者隐而修身，后者进取泽被天下。还有：“以出世之心做入世之事”，“以出世之心做人，以入世之心做事”，这些都是儒家的理想和要求。

南京著名的栖霞山，可以说是进、退与出、入问题的最佳诠释。有时是去看栖霞红叶，有时陪朋友去拜佛、看古迹，有时就是想到那儿清净一会儿。多少年来，我一次又一次出入栖霞，睹物思人，想得最多的也是进与退的老问题。栖霞山本名“摄山”，因山中盛产中药材，取“摄生”之意。1930年出版的《栖霞新志》中记载的栖霞山出产的中药材还有近六百种，李时珍在南京刊刻《本草纲目》时，曾到栖霞山采集药材标本，补充、丰富《本草纲目》的内容与纲目。中草药食之可以摄生祛疾，“摄”乃保养也。“摄”在这里是一个好词，有名有实，但延养的毕竟只是人的肉身。

栖霞山后来从延养肉身走向涵养心灵，从养生转向养心。南齐时的明僧绍是转折性的人物，称得上是栖霞山的开山之祖。他先是在摄山结庐修行，后舍宅为寺，因他字栖霞，寺名栖霞，山以寺名，“摄山”成了“栖霞山”。至此，栖霞山不仅和肉身相关，更与精神相联。千百年来，栖霞山上的故事，鼓励人退隐、出世，也激励人进取、入世，矛盾而又和谐。

明氏为世家大族，即使到了僧绍这一代，自宋至梁，刺史就出了六位，胞兄僧胤是冀州刺史，胞弟庆符是青州刺史。但南北朝社会大动乱，乱世出英雄，“进”可能成为“英雄”，甚至称霸、成王；但也可能招祸，甚而丢了性命，危及家庭、亲族。因此，避乱世、求心安，也是明智之举。明僧绍雅好山水，本不肯屈居人下，他六次拒绝皇帝的诏命，甘居野兽出没的荒山野岭，确为“逸士”，时人称他为“徵君”。由此可看出，明僧绍隐居山林不是一种姿态，不是待价而沽，不是“待诏”，其“退”，既有现实的原因，也有其心理和理论基础。魏晋南北朝时期，“退”与“出”的思想渐为人所注意：玄学是显学，道教为中国本土宗教，佛教传入不久，思想时有交锋，明僧绍有自己的理性思考。他在《正二教论》中说：“佛明其宗，老全其生。守生者蔽，明宗者通。今道家称长生不死，名补天曹，大乖老、庄立言本理。”求生理意义上的长生不老是道家之“蔽”，不但与佛理相悖，也有违老庄思想。明僧绍退隐栖霞山并不是求道问药，期冀长生不老，而是体现一种人生态度：退出俗世，遁入自我。

知音难求，知音的心趣相契也给人生带来无与伦比的欣喜。世间美好的事物莫不如此。明僧绍“徵君”的声名吸引了不少人，其中就有高僧法度。他慕名来到栖霞山，在明僧绍的山舍宣讲《无量寿经》，一来二往，隐士断绝了其他的一切，走向佛教，并舍宅为寺，“千佛名蓝”的栖霞寺由此成立，成为江南地区的佛教中心。先“退”再“出”是明僧绍的人生轨迹，这当然是明僧绍意义上的：不是以退为进，而是退着进，是佛家意义上的进。正如布袋和尚的《插秧歌》所说：“手把青秧插满田，低头便见水中天。心地清净方为道，退步原来是向前。”是渡己、渡人意义上的“进”。

任何事业，贵在有后继者，事业与精神因此才能长久。“长久”是中国传统最重要的理想之一。继其父志，“传明氏家业”的是明僧绍的次子明仲璋。按照父亲的遗嘱，他与法度一起在栖霞山造无量寿佛及二菩萨，传导佛法。自此，佛教之义与“徵君”之名吸引了大批王公贵族和士大夫纷纷来栖霞山造献佛像，成就了江南名窟——栖霞山千佛岩。

为明僧绍“树碑立传”的是他的五世孙明崇俨。但这位明氏后人却是精神意义上的不肖子孙。他因为擅长“方外之术”得到唐高宗李治和武则天的宠信。“方外之术”乃道家的末流，“守生者蔽”，他的先祖明僧绍肯定是反对的。此为不肖者一。他为了“光宗耀祖”，求高宗李治为明僧绍撰写碑文，实质是借祖荣己，本质上还是为了一己的“进”与“入”，为儒家的末流，至少违背了祖宗修持善业的高逸精神。天底下最贪恋长生不老之术的，莫过于皇帝，天下为他所有，“死”意味着失去那巨大的所有。所以，皇帝最看重两种人，一是为他打江山、管理江山的人，二是能帮他长寿甚至长生不老的人。但是，因为皇帝见多了积极要求进步之人——那些在他面前尽力表现、求官求财的人，因此，皇帝心中最欣赏的一定不是这些人。也许，那些能放下一切的高逸之士，才有可能让皇帝心动。有了上面这些原因，唐高宗才肯为了一个正谏大夫的远祖写下“明徵君碑”的碑文。而这位明崇俨后来竟被人刺杀，年仅33岁。有历史考证者认为，他是死于太子李贤的谋杀。武则天曾请他为几个儿子相面，看哪个儿子更有帝王命相，明崇俨说了太子的坏话。他是忘了明家的祖训，入世太深，进取失据，妄议皇室家事，断了自己的退路。

明徵君碑倒是一直保留下来，是目前栖霞寺内国家级文保单位之一。此碑建于唐上元三年(676年)，高宗李治亲自撰文，卫尉少卿高正臣书写，朝散大夫王至敬篆额。碑阴有“栖霞”

两个鎏金大字，传为李治所书。碑文书写了明徵君当年的事迹，是褒扬，历代有人把它当成一种提醒。

南北朝时期，僧祐、僧朗、吉藏等高僧为发展栖霞寺做出了杰出贡献。僧祐不仅是律学名僧，而且利用自己在僧、俗两界的影响力，使栖霞寺千佛岩初具规模，现存的几尊大佛造像，都是由他亲自设计。刘勰在南京写成《文心雕龙》也是依靠僧祐的帮助，据《刘勰本传》记载，刘勰“依沙门僧祐，与之居处，积十余年”，可见僧祐对刘勰的影响。刘勰的文艺思想和僧祐的佛家教义的关系，已经有了不少研究成果；有人甚至认为《文心雕龙》也对《高僧传》等佛家经典产生了积极的影响。《文心雕龙》主要以儒家思想为指导，但佛教思想的影响也很明显。如《文心雕龙》认为:“原道心以敷章，研神理而设教。”“道”和“神”是决定客观世界变化的无形的、最终的依据，此点实与佛理相通，也与柏拉图的理念说类似。刘勰早年即浸染于佛教，并协助僧祐编撰《出三藏记集》。《文心雕龙》得到宰相沈约的赏识，推荐刘勰出仕为官，担任过“太子通事舍人”官职。梁昭明太子去世后，据说刘勰内心伤悲，请求出家，但梁武帝不准；刘勰烧发明志，在南京定林寺出家，并在此圆寂，实现了出世的理想。

僧朗被称为“摄山大师”，他的功德主要在栖霞山(摄山)，栖霞寺三论宗祖庭地位的基础主要由他奠定。据《神僧传》记载，僧朗不避酒肉，常伴在僧朗左右的是一猴一犬，进餐时，僧朗必与它们分而食之。吃完后，猴把吃饭的钵套在头上，骑上狗，仍不离僧朗左右。动物是自然的一部分，人能与动物和谐相处，符合中国人“天人合一”的理想。人类过“进”，必然要役使自然，形成佛家所反对的贪与欲。这位僧朗，讲经时声震如雷，听众往往只见他的唇吻在动，多数人不能辨明内容。三论宗与禅宗一样，重神会不重语言，也不需要听得那么清楚。洞山良价禅师说：“我不重先师道德佛法，只重他不为我说破。”不说破才给他留下了心会、心领的空间，“心领”才是真正的得到、得道。

在僧祐、僧朗打下的基础上，吉藏将三论宗发扬光大，成为一大宗派，并流布至海外。他们都是真正的出家人，与“进”、“入”没有关系，或者说，他们的“进”与“入”是佛家的进与入，是普渡众生的思与愿。三论宗以龙树的《中论》、《十二门论》与提婆的《百论》为教义，倡导“诸法性空”，世间、出世间与有为、无为皆为因缘所定。

尽管如此，无论是进、退，出、入，都也还有高下之分。佛教有宗派，可以争论；僧有高低，就高不就低。唐代诗人郑谷有诗云：“爱僧不爱紫衣僧。”奉敕撰写《宋高僧传》的赞宁原为吴越国僧统，入宋后，获皇帝赐予紫衣，充僧统，做了僧界的“领导”，致使《宋高僧传》不叙僧人不事王侯事，有媚上、媚世的嫌疑。欧阳修《六一诗话》载，一次安鸿渐遇赞宁与数僧行走于街上，嘲讽说：“郑都官（指郑谷——引者注）不爱之徒，时时作队。”赞宁反应快，应声道：“秦始皇未坑之辈，往往成群。”这倒是说出了媚僧与俗儒之间的共通之处，确有警醒意义。禅宗十三祖有言：“如来有教，沙门不得亲近国王、大臣权势之家。”琉璃殿上无知识，佛家不入权贵之门。即使是佛家认识清醒，仍还需时时警示，可见进与入、退与出矛盾的调和之难。

君临天下做皇帝大概是“进”与“入”的最高阶梯了吧。但即使是皇帝，心里也免不了有“退”与“出”的思想。皇帝的“俗世”可以满足各种欲望，但也无法避免“烦恼”。这样的矛盾大概存在于每个人的内心。栖霞寺舍利塔始建于隋代，南唐改建为石塔，并遗留至今，不仅是栖霞寺最重要的文物，也是南京现存最重要的南唐旧物之一。隋文帝杨坚登基之前，神尼智仙赠与舍利数百颗。登基后的杨坚回忆往事，相信自己能君临天下是佛护佑的结果，所以两次下诏在各地选址建塔，安放舍利，栖霞寺是首座获建舍利塔的寺庙。此次建起的木塔，毁于唐“会昌灭佛”。重建舍利塔要等到南唐时期。《五灯会元》多次记载“江南国主”请僧说法、襄助佛事，保留至今的石质舍利塔是南唐襄助佛事的最有力证明。这“江南国主”，要么指李璟要么指李煜，作为南唐偏安江南的两位皇帝，一方面承受着来自北宋的巨大压力，行动上对佛教的倡扬，也是祈求菩萨保佑“国泰民安”与李家江山吧；另一方面，皇帝在一定的时空内也免不了“浮世”之慨，内心偶尔也会有“厌世”之情，动“出世”之念。但作为皇帝，实际上已是退无可退，对佛教的态度，也证明了他们只能在进与退之间纠结、挣扎。一位官员问马祖道一禅师：我吃不吃肉呢？禅师答：吃是你的禄，不吃是你的福。即使是普通人，这“福”与“禄”都很难取舍，皇帝的那块“肉”，那可是天下最大的“禄”。

皇帝“进”“退”，天下震动。顺治皇帝几次三番要出家，甚至剃度成为落发皇帝，举国震惊。虽然出家之事被劝阻，不了了之，皇帝出家心切却是事实。痛失爱子、爱妃（这本是他进取的个人动力）使他心灰意冷，厌倦俗务（皇帝的工作当然也是俗务），一意要遁入空门。

雍正皇帝崇佛是另一种意义上的。他“用”佛已达一定的“境界”，自号“圆明居士”、“破尘居士”，曾作《自疑》诗一首：“谁道空门最上乘，谩言白日可飞升。垂裳宇内一闲客，不衲人间个野僧。”不着僧服的“野僧”皇帝，看似一闲人，自诩是为人民谋幸福的佛家皇帝，登上皇位后竟自称“释主”，不仅要做人间的皇帝，而且要成为佛教的教主。佛教只是雍正的借口和统治工具：臣民清净无为，就更好统治了。但曾与雍正过从甚密的僧人结局都不是太好。这些僧人一旦失去了利用价值，或者成为一些人走近皇帝的媒介，抑或竟想假借皇帝之名，那下场就不会好了。

皇帝流连，美人隐居，确实给游客想象栖霞留出了巨大的空间。虽然风流逸事与精神性关系不大，但从中倒也可以见出精神向度和价值取向。

天下名山僧占多，古寺名刹一般选址在云蒸霞蔚的深山老林，山以寺灵，寺以山名。佛教喜好自然，僧人向往融入自然，身处寂静清幽的山林，有利于潜心修炼、护持身心。对这样的好事，皇帝当然不肯置身事外。皇帝平时住在阔大高耸的宫殿里，威严有余，舒闲不足，既然出了京城，当然山水悠然最好。乾隆六次南巡，有五次驻跸栖霞山；第一次南巡就游览了栖霞山，但因为栖霞行宫其时尚未建好，未能留驻。两江总督尹继善为了吸引、讨好乾隆皇帝，四次增修栖霞行宫，劳民伤财可以想见。当年的乾隆行宫建筑面积有两万多平方米，前后花了六年的时间建成，是乾隆南巡行宫中规模最大的一处。乾隆驻跸栖霞行宫期间题诗一百一十九首，书写楹联、匾额五十余副、块，御碑三块，可见乾隆在此心情大好，而且颇为悠闲。皇帝住在寺山，远离紫禁城，某种意义上是一种“退”；休整好了以后，当然是为了更好地“进”。皇帝的江山从来不是铁打的，乾隆钟爱的栖霞行宫被太平军一把火烧了，沦为废墟，现在称为“乾隆行宫遗址”，为栖霞山增添了一些花絮。

有的人是从官场退隐山林，有的是从商场退出江湖，而李香君竟然是从情场金盆洗手，舍情取义，落发为尼，归隐栖霞，终老桃花涧。如今的桃花涧有李香君墓。桃花涧本是栖霞山美景，明代《栖霞小志》记载桃花涧：“春末夏初，则红英绿荫，错落左右，游人行其下，衣袂皆有香色。然知者亦少，非耽于山者，不能久宿。”世间“耽于山者”终是极少数。李香君“故事始于桃花扇，传奇终之桃花涧”。秦淮八艳之一的李香君乃一代佳人，选择“明末四公子”之一的侯方域为人生归宿，侯、李之爱，情动天下，为一时佳话。在明清易代之际，在权贵的威逼之下，刚烈女子李香君以死抗争，一头撞向梳妆台，血溅她与侯方域的定情之物桃花扇……清军兵临金陵城下，李香君避入栖霞山的葆真庵，遁入空门。而此时的侯方域已降顺清朝，做了贰臣。国破家亡之际，“青楼皆为义气女，英雄尽是屠狗辈”。后来侯方域寻至葆真庵，李香君当面撕碎了那把溅血的桃花扇。李香君以肉身的出世，保证了精神的入世，舍个人私情，保民族大义，为栖霞山涂抹了别样的色调。

为栖霞寺增进事功的当然主要还是高僧，近代以来最为得力的当属宗仰上人。宗仰上人与帝师翁同龢是常熟老乡，上人幼年时曾受业于翁同龢。翁看了他的文章后曾对他说："君习举子业，住著自缚；倘入缁门，慧海之舟楫也。"翁同龢是从他的文章和气息看出了他的慧根。翁是庙堂之上的"进""入"之人，对"出""入"气象倒是最敏感的。宗仰天资超群，此后确实一心向内、潜于内典，不再仕进向外，16岁便剃度出家。但他此后相当长的时间内是以出世的精神忧时济世，以出家人的身份从事着革命者的事业。十九、二十世纪之交，国家内忧外患，宗仰联络众多革命者，编辑出版革命报纸，加入孙中山领导的兴中会，成立中国教育学会，宣传革命，资助革命事业。后来的国民党要人高度评价宗仰："迹其生平，襟怀磊落，德性坚定，闻义必先，避之若浼，实佛门之龙象，吾党之瑰奇。"佛门龙象、党之瑰奇，这样的评价用在一个僧人身上，大概是绝无仅有的。

遇"义"而进，面"名利"而退，无反顾，不犹豫，绝不拖泥带水，这才是宗仰最让人感佩处。民国建立以后，当年的革命战友飞黄腾达，孙中山根据宗仰上人对革命的贡献请他到民国教育部任职，宗仰坚持不受，仍以"佛"为其宗旨，托迹丛林。但他仍旧关注国家大事，宋教仁被刺，袁世凯意欲称帝，宗仰上人撰下《宋杀愤言》和《讨袁篇》，俨然革命斗士。宗仰就是这样：以佛家弟子身份，时时为革命施以援手，但决不入戏。《五灯会元》载，径山道钦禅师对他的徒弟说："出家乃大丈夫事，非将相之所能为。"将相"负累"太多，宗仰不肯为"将相"，却是真正的"大丈夫"。有和尚问大珠慧海禅师："儒、释、道三教异同如何？"禅师答："大量者用之即同，小机者执之即异。总从一性上起用，机见差别成三。迷悟由人，不在教之同异也。"宗仰立足于释，兼取儒、道，足称"大量者"。

也许在宗仰上人看来，如果入世、俗世的事情没弄好，国破家亡，民不聊生，大概很难有出家人的出世与救世吧。北宋天台宗学者智圆认为"非仲尼之教，则国无以治，家无以宁，身无以安"，而"国不治，家不宁，身不安，释氏之道何由而行哉"？（《闲居编》卷十九《中庸子传（上）》）这用在宗仰身上颇为合适。1919年，宗仰上人到栖霞山寻觅僧绍遗踪。此时的栖霞寺经历了太平天国战火等灾难后，已是破败不堪。宗仰上人在众人的请求下，决定驻锡栖霞寺，利用自己的名望和能力，重建古寺，绍隆佛种。孙中山闻知宗仰出世兴法，以归还宗仰当年资助革命款项为名，为栖霞寺拨款一万银元。受此影响，上至达官贵人，下至普通信众，纷纷为修复栖霞寺捐款。但修复工程诸事浩繁，劳心劳力，宗仰上人终因劳累过度，心力交瘁，在主体建筑即将落成之际圆寂。由于宗仰上人的努力，栖霞古寺得以中兴。为纪念宗仰上人，栖霞寺和台湾佛光山均建有宗仰上人纪念堂。

抗日战争中，南京城为日本侵略者所破，栖霞寺冒着被灭寺的危险，义无反顾收治伤残的中国军人。在民族大义面前，退无可退。“现在轮到我们前进，我死，你们生。”这是西哲柏拉图著作的大主题，也是《申辩篇》的结语。哲学家的向死而生和永恒判断与死亡灵魂的生分离开来。苏格拉底说：“我们当中谁采取的路线更好，这对所有人都是隐藏的，除了神。”（埃里克·沃格林：《柏拉图与亚里士多德》，南京：译林出版社，2014年，第60页）中国儒教与佛教的舍生取义，与西哲教义不谋而合。有的人是退着进步，比如佛教的勇猛精进；有的人却是进着退步，比如那些儒教的末流，那些狗苟蝇营的名利之徒。当然还有那些在“进”与“入”道路上伤痕累累的失意彷徨之人，那些身在江湖、心怀魏阙的“待诏”之辈，他们对“进退维谷”体会最深。这些，神都知道。

明代佛教四大师之一的德清禅师说：“为学有三要，所谓不知《春秋》，不能涉世；不精《老》《庄》，不能忘世；不参禅，不能出世。”（《憨山大师梦游全集·学要》）打通儒、道两家。在真正的高人那里，儒释道没有截然分野。

经过了人生的诸多进、入与退、出之后，最高的境界，大概是“不进不退”。正如《五灯会元》所载玉泉昙懿禅师的自问自答：“进一步则乾坤震动，退一步则草偃风行。且道不进不退一句作么生道？良久曰：‘闲持经卷倚松立，笑问客从何处来。’”

好一个“闲持经卷倚松立，笑问客从何处来”！

只是，我们现代人住在公寓楼的“鸽子笼”里，家门口已无松可倚；而且，也已经没有山林给你结庐隐居。我的一位小学同学，在尘世左冲右突，最终以"和尚"为业，我老家修乡间公路，他出资最多。谈起僧俗两界，他竟幽幽地说："都差不多。"听此语，我也是幽幽的，没好再问他在何处驻锡。进、入与退、出，也许，我们现代人只能在"心"上做文章。连高僧都说：莫学佛法，但自修心。

南京：两座洋楼的延续

在南京，在中国，没有哪座楼能像这两座楼那样见证、延续了南京甚至中国的近现代史。它们是最早一批出现在中国大地上的西式官府建筑，一个多世纪的风风雨雨、天灾人祸，由晚清而民国，再中华人民共和国，它们竟然都几乎完好地保存了下来，历史因此不再仅仅在纸上、在传说中。它们是屹立的历史，是流淌不断的血脉，也是无言的争辩。我有时是看到它们，有时是想到它们，恍惚之间，它们竟是两个人——他们是那么苍老，饱经沧桑；可又是那么年轻，血气方刚。我有时为他们感到振奋和骄傲，有时因它们而气馁和颓唐。

二十世纪初，清朝中国的大门已经被西方的坚船利炮打开，末代的统治者和士大夫已被迫“向西”，以建筑为例，连新盖政府建筑都常取西式，甚至以此为时尚。清末两江总督在辛亥革命的前一年在南京建造的这两座楼，都是西式：一座是端方时期的江苏省咨议局大楼，不久被用为中华民国临时参议院；

一座是张人骏时期的两江总督府西花厅，后用作中华民国临时大总统的办公室。一为议会，一为政府，是由大清而民国改朝换代的标志。都说清政府如何如何保守，顽固不化，其实也不尽然；特别是在东南地区，受欧风美雨影响多年，即使是身为既得利益者的朝廷命官也不都是榆木脑袋、铁板一块。

江苏省咨议局——中华民国临时参议院

1910年，南京玄武湖往西不远的丁家桥地区，那时还比较荒；但就在此处，一座法国宫殿式的“洋四合院”拔地而起，全城为之轰动。这新鲜玩意儿是苟延残喘的清王朝预备立宪的产物，当年是“江苏省咨议局”大楼。

1906年8月，慈禧根据出国考察宪政的五大臣的建议，下诏仿效西方实行君主立宪；1907年在中央筹立资政院，在各省筹设咨议局。宣统元年（1909年），江苏先是成立了江宁咨议局和江苏咨议局（驻苏州），不久合并为江苏咨议局，状元张謇被推选为第一任议长（也是清朝江苏最后一位议长），时任两江总督的端方奏请朝廷准予建筑咨议局办公用房。张謇于是开始物色大楼的设计者。就像当时中国没有人知道咨议局究竟该如何运作一样，也没有人知道一座议会式的建筑究竟该是什么模样。张謇一生办学无数，认识到这是锻炼学生、展示才华的绝好机会，最后选中的是南通工程技术专科学校的毕业生孙支夏，此人毕业时是测绘科、土木工科双料第一名。孙支夏以“大清国专员”身份，先到日本考察西方建筑；回国后，孙吸取西方议会建筑特色，设计了江苏咨议局办公大楼，法国宫殿建筑风格，这也是中国最早由中国建筑设计师设计的西式建筑之一。1909年开工，1910年竣工。这西式的“四合院”由四幢洋楼围合而成，内院回廊，法国文艺复兴式样，地上两层，地下一层。前、后进面阔均有十间，楼身清水墙面，镶着清一色圆拱形的窗户，足有上百扇之多。南面正中是高耸的钟楼，四面各嵌一座西洋钟，钟楼的瓦顶呈穹窿形，和两侧对称布置的坡顶一样，都覆盖着草绿色的铁皮屋瓦，最顶端还围了一圈镂花的铁栏杆。这种铁皮方底穹窿顶最早出现于十七世纪法国古典主义时期，经当时著名设计师孟莎采用后成为流行式样，后被称为“孟莎式屋顶”。差不多两个半世纪后，这种样式终于被“借鉴”至南京。

“东南互保”后，“东南”，特别是江苏，已在全国占据了更加突出的地位，不仅经济发达、人文荟萃，而且显示出全面改革的势头，推动着立宪运动蹒跚向前。张謇是在籍状元，又是兴办近代教育、工业卓有成绩的东南名流，在皇权逐渐式微的情况下，对在朝、在野的社会名流和达官贵人都有着巨大的影响力。正是因为张謇等立宪派的不断呼吁与策动，清廷才做出了遣使出洋考察政治的决定，标志着清廷在政治上由保守转向开放和变革。朝廷1906年发布了“仿行宪政”的上谕，开始实行立宪的基本国策，国家由此进入了预备立宪时期，开启了中国政治制度近代化的大幕，使封建专制政治向资产阶级民主政治过渡成为可能，中国的专制权力第一次有可能受到监督。立宪派为此欢呼庆祝，江苏当时的场面尤为动人，张謇“感动发奋，不能自已”，进而“奔走相庆，破涕为笑”。政治上的进步具有不可替代的动人力量。

1909年10月14日，江苏省咨议局如期开议，全省各界欢呼不已。两江总督和江苏巡抚都到场祝贺，南京的各国领事和驻上海的日本领事、各衙门的官员和绅商五百多人前来观礼。咨议局牵涉到了国际、国内各方面的利益，在中国这样一个老大帝国，必然要引起巨大的变动。诸如议决应兴、应革事件，议决财政预算决算、税法、公债，担任义务之增加，单行章程之增删修改，权利之存废，选举资政院议员，申复资政院和督抚咨询事件，公断和解自治会争议事件，收受自治会或人民陈情事件等等，都在咨议局的职权范围，当年江苏咨议局职能方面已接近立宪国家的地方议会。

一群拖着长辫子的中国绅士，在孟莎屋顶下，在法式的落地玻璃窗前，开始谈论民主，参与国家与地方的政治。

即使不遭遇“水土”问题，立宪也好，民主也好，实行起来殊为不易，这从小事上就能看出。如公文的款式问题，清朝原来的文书格式，上级对下属用“札”，下属对上级用“呈”，平行机关用“照会”、“咨”、“移”。清政府宪政编查馆曾通知，咨议局成立以后，与地方官吏来往的公文，督抚用札札，司道以下用照会，咨议局均用呈文。议政、行政本相互维系，而这显然把咨议局完全置于督抚等地方官员之下。对此，江苏议员群起抗争，要求对督抚和司道均用平行文书，宪政编查馆被迫对行文格式规定做了两次调整，维护了咨议局的权限和独立地位。财政监督也是咨议局监督的重要方面，即使是很小的一笔钱，也要查实无误。如江苏咨议局第二次常年会上，正巧发现咨议长张謇有某项不太明确的开支，数额为4元8角，遂在会上对张謇进行质询，而张謇也认真做了应答，并高度赞扬了这种议事认真、不徇私情的作风。由这两件小事可以见出，江苏咨议局的这座法式宫殿建筑内，确实出现了史无前例的新气象。

1910年，南京还有一件大事：首届南洋劝业会在宁开幕、举办，盛况空前，其主要地点就在江苏咨议局所在的丁家桥和三牌楼地区。南洋劝业会是清末规模最大的全国性博览会，持续了近五个月之久，除边疆省份外，各省均建有自己的博览馆，日、英、美、德各国也有展品参展，前来参观的人数达二十余万人次，展品十万余件，获奖展品五千余件。南洋劝业会的举办对“振兴实业，开通民智”起到了巨大的推动作用。后来成为文化名人的鲁迅、茅盾、叶圣陶、郑逸梅等等都曾辗转到会参观，并为之震撼。由于是多国参展，那时的南京（江宁）已经有了国际化的色彩。8月22日，咨议长张謇在咨议局大楼宴请参会的美国实业代表团一行。美代表团由团员23名、同行夫人17人、随员两名组成，核心人物是大赉轮船公司董事长罗伯特·大赉（Robert Dollar）。参加宴会的还有中国16省的咨议局代表。张謇作为东南绅商的领袖，又是江苏咨议局议长，利用南洋劝业会之机，与美国实业代表团开展了“中美国民外交”。张謇在宴会上致辞说：“一，中国事事方在递蝉蜕化之时，贵国耳目之所接触，必皆已见其概；二，名为实业改良，而从旁牵制如财政、法律、官厅制度，无事不与相涉，非在平时改良不能大有功效；三，今日略可指为功效者，謇能举一例以告贵国，即吾人所欢聚所托之咨议局也。”

张謇所看重者，不仅在实业、教育，尤重在政治改革，想必这也是他在创办实业和教育过程中切身感受到的：政治制度不改，其他一切改革都将流产；所有弊端都可以在政治体制那里找到根源。选择在江苏咨议局宴请美国实业代表团，也可见张謇的良苦用心：南洋劝业会并不局限于经济的合作与交流，还希望能通过工商界的对话交流、参政议政推动中国的政治改革。美国人也似乎看出了里面的玄机，美商代表朋汉（George Burnham）在答谢词中说：“中国政治进步日著，必以民选咨议局为代表，江苏咨议局尤属首屈一指。深望咨议局他日与弗兰费亚（即费城——引者注）之自由厅相颉颃。”费城的自由厅我去美国时曾专门看过，小得很；厅中的自由钟与中国的皇皇巨钟相比，就是一铃铛——但它却是美国自由民主的源头之一；那些宏伟的、好大喜功的、大而无当的东西只有在专制之下才能造出来。1910年1月7日《申报》也曾刊登《劝业会与立宪》文：“国民之政治责任心必后于经济竞争心。唯因经济竞争心之发达而政治责任心常不知不觉之间增进而未有已。故在今日欲引起国民之政治责任心，必不可不先引起国民之经济竞争心。劝业会之作用在招致全国之物品萃以一堂，以比较优劣。因比较之故而竞争之心乃生。”

1911年10月，辛亥革命爆发后，各路人马走马灯一般，咨议局其实已无法正常开展工作，改良宣告失败。清廷为加强江宁（南京）防务，任命复古派张勋为“江南提督”，江苏咨议局成了张勋的江南提督府。12月1日，张勋被江浙联军所败，半夜带着五百随从逃出咨议局，出大胜关遁往江北。12月3日，江苏省议会在原江苏省咨议局内成立；12月29日，全国响应辛亥起义的17个省份的代表聚集在江苏省议会会议厅内，宣布改朝换代，国号定为“中华民国”，1912年为中华民国元年，选举孙中山为中华民国临时政府大总统。1912年1月28日，中华民国临时参议院在江苏咨议局旧址办公，并举行开幕典礼，首任议长为林森。南京与北京之间虽然相距遥远，但南京发生的事情对北京的震动是巨大的。2月12日，在朝野进逼之下，清帝及两宫太后颁诏退位，民国实现了名义上的统一；第二天，孙中山向临时参议院辞职，举荐袁世凯为第二任临时政府大总统。2月14日，孙中山亲临议会辞职，并得允许。2月15日，临时参议院选举袁世凯为临时大总统。3月11日，临时参议院通过了中国历史上第一部体现资产阶级民主的宪法——《中华民国临时约法》。4月1日，孙中山再至参议院行解职礼；次日，参议院议决临时政府迁往北京。4月29日，临时参议院迁至北京。半年的时间，在这座法国宫殿式的大楼里，古老的中国翻天覆地。

但这次“迁都”并没有开启太平盛世，清朝拱手让来的民国依然只是蓝图，而且几乎是混乱的蓝图，世事甚至变得更糟。中国人在血雨腥风中又过了十五年，国民政府定都南京，北京改称“北平”。十五年前参加南京临时参议院开幕礼的一批人，如蔡元培、胡汉民等，加上了一批新人，如蒋介石、何应钦等，又来到这座大楼，参加国民政府在此举行的定都南京典礼。此后，这里是中国国民党中央党部的办公地，大门牌坊上“中央党部”四个字由国民党元老于右任题写。中央党部是国民党中央执行委员会和全国代表大会的开会场所，也是中央政治委员会、中央财务委员会、宣传部、组织部、海外部、农工部等党的机构的驻地，其重要性可想而知。

十七年后，孙中山又回到这里，不过这次回来的是他的灵柩。孙中山在这里缔造了民国，国民政府为他安排的奉安大典也选择在这里举行。1929年5月28日，孙中山灵柩由北平西山碧云寺运抵南京后，国民政府在中央党部设置了灵堂，进行为期三天的公祭。除了中国国民党及社会各界代表到灵堂祭拜外，另有18个国家的专使及罗马教皇代表致祭，蒋介石等孙中山的追随者以及孙中山的亲属轮流守灵。1929年6月1日凌晨举行起灵典礼，狮子山炮台鸣礼炮101响，灵柩沿中山大道归葬中山陵。

在这座法式宫殿里，从1912年到1929年，是一场就职典礼到一场葬礼的距离，也是亚洲第一个民主共和国从宣告诞生到完成国家统一、开始走上国际舞台的漫漫历程。

二十三年后，以孙中山传人自居的汪精卫，也是在这里被人射入那颗最终让他毙命的子弹。1935年11月1日，国民党四届六中全会在丁家桥中央党部举行开幕式。开幕式结束后，中央委员们走出大礼堂到中央政治会议厅门前合影，蒋介石感到现场秩序有点乱，没有参加，汪精卫因此坐在第一排正中，在第一排就座的还有林森、戴季陶、孙科、阎锡山、张学良、张继等。摄影完毕，正当委员们转身走上台阶时，晨光通讯社的记者孙凤鸣从大衣口袋里掏出手枪，向汪精卫连开三枪，汪精卫应声倒地，场面大乱。据记载，当时是立于汪精卫身旁的张继迅速奔到袭击者身后将其拦腰抱住，随后奔过来的张学良飞起一脚将孙凤鸣踢倒，汪精卫的卫士连开两枪，致孙凤鸣重伤，第二天凌晨殒命。汪精卫当时虽然暂时保住了性命，但射入背肋间的一颗子弹始终未能取出，多年后因其发炎，于日本不治身亡。

南京沦陷期间，这里成为汪伪军事训练部、侨务委员会、边疆委员会、社会部、军政部等机构所在地；1945年日本投降后，国民党中央党部迁回办公。1949年4月23日，共产党的军队占领南京，国民党中央党部在这里当然就成为了历史。

这座建筑原来编为丁家桥16号，现在的门牌号码为湖南路10号，曾为江苏省军区司令部，主体建筑大体保留了原来的模样，只是1949年以后因扩建道路，拆除了大门牌坊和大门口的弧形照壁。因是全国文物保护单位，不出意外的话，这座一百多年前先人建起的法式建筑还会存在下去，历史的活剧还会在这里上演。我原先就住在附近，上班也离此很近，因此无数次从它面前经过，自觉不自觉地总要扭头看看这座法式建筑；但我没有一次联想到法国人，而无一例外的都是想到国人：立宪改良派、共和革命派，过去他们的努力，今天我们的命运。

两江总督府西花厅——临时大总统办公室

也是在辛亥革命的前一年，南京两江总督府（后来的总统府）里面也建起一座西式的楼房，法国文艺复兴样式，在一大片中式大屋顶的房子中间特别醒目。因在总督署的西面，又称西花厅，设计者已不可考。建造者是清朝最后一任两江总督张人骏——张佩纶的侄子，张爱玲的叔父。在完全中式的大院中，这西式的房子完全是新鲜玩意儿。人其实也都有"喜新"的一面，两江总督府的许多重要活动，张人骏都选择在这里举行。孙中山在丁家桥16号临时议会（江苏咨议局旧址）就任大总统后的第一次内阁会议也是选择在这里举行，两江总督府西花厅成了临时大总统府。临时大总统府北迁后，这里是南京留守府，北洋政府时期是江苏都督府；国民政府时期也曾作为蒋介石的办公室、国民政府参谋本部、总统府军务局等。由于后面的这些辉煌历史，大多数人已经忘了它的建造者。

十九、二十世纪之交的南京，已有不少西方人在南京居住，既有西方传教士、外国公司派驻南京的代表，也有水师学堂和陆师学堂聘请的德国教习、基督学校聘请的外国教员等，张人骏作为地方最高长官、封疆大吏，和其中不少人有交往，基督医院（又称马林医院，今鼓楼医院的前身）的加拿大籍传教士兼医生马林甚至是他的朋友。张人骏选择建造西式房屋，并不奇怪。西方人在南京，不仅影响着建筑风格的选择，也影响着生活习惯、教育理念甚至文化取向，当然这也是与张人骏相对开明的态度分不开的。

但是好景不长，随着辛亥革命的兴起，由同盟会组织的江浙联军打到了江宁（南京）城下。“战”已不可能胜，“降”又与他的道德理念相违背，只好选择“跑”。张人骏先是请马林这位洋人医生朋友出城跟革命军说和，赢得了时间，最后是用箩筐从南京城墙上缒下去，逃到长江上的外国军舰上，到上海做了寓公，后流寓青岛，晚年在天津定居。张爱玲在《对照记》里回忆说，她小时候在天津，张人骏（张爱玲称为“三大爷”）每次听张爱玲背诵“商女不知亡国恨，隔江犹唱后庭花”时就流眼泪。亡国之臣的他，多情伤故国，掉眼泪是可以理解的。

张人骏（1846—1927）字健庵，取“人中骏马，驰骋千里”之意。历任山东布政使、漕运总督、山西巡抚、两广总督等职。由于他在担任两广总督时曾乘坐兵舰巡视南海诸岛，宣示主权，中国政府公布的南海诸岛中有一块岛礁被命名为“人骏滩”。1909年，清王朝日渐风雨飘摇之时，张人骏改任两江总督兼南洋大臣，7月，农工商部奏议在南京筹设南洋劝业会，树各省之模型，会长是张人骏，开幕时他亲任主持。

或主动或被动，张人骏也是清末早开眼看世界的人之一。在清末君主立宪筹备之际，张人骏曾上过三次奏折：光绪三十四年十二月十八日上《两广总督张人骏奏广东设立咨议局筹办处情形折》，又于宣统元年二月二十九日上《奏广东第一年筹办宪政及第二年开办各事情形折》，再于宣统三年七月二十五日上《两江总督张人骏奏厘定外省官制宜以旧制为本量加损益折》。曾提出五则。一曰督抚权限：1为奏事权，2为军政权，3为外交权；二曰司道分合；三曰道府存废；四曰审判办法；五曰地方自治实行监督。颇有创见。清末民初笔记名著《凌霄一士随笔》载："清末督抚中，张人骏以悃愊无华，端重老成著，不随波逐流，迎合风气。历督两广、两江，均大疆繁剧。时髦政客屡攻之不能动。固以久为循吏，资望较高，而鹿传霖重其廉正，引为同调，在枢府中时加维护，极言其贤，其见信于上，不易动摇，亦多赖是也。庚戌七月，鹿卒于位，张挽替联云：'溯太公急难以来，忠节相承，名德有达人，特钟圣相；自先帝登遐而后，台衡代谢，中原正多故，又丧老成。'以圣相称之，亦见气谊相投。"

1917年，张勋复辟时，授他为协办大学士，张人骏拒不受职。张人骏与袁世凯曾是盟兄弟，后来又成为儿女亲家；但是老年之后，因与袁世凯政见不合而"老死不相往来"。袁世凯称帝之后，因"不肯与袁同在一个城市"，张人骏甚至从来不去北京。"食君之禄，当报王恩"是作为传统士大夫的张人骏恪守的道德理念，袁世凯背叛朝廷，先当大总统，甚而称洪宪皇帝，让张人骏很是瞧不起。

张人骏还是近代教育的支持者。早在甲午战争失败后，国内有识之士就纷纷要求废除"空虚无用"的科举制度，改革教育，提倡现代科学，兴办学堂，书院改学堂于是成为一种自上而下的社会潮流。张人骏就是这一潮流的支持者和推动者。1905年，山西巡抚张曾扬在令德堂书院旧址创办了山西省第一所官立师范学堂，这是我国最早的六所新式官立中等师范学校之一。起初，学校由于资金困难而举步维艰；第二年张人骏到任后，马上为学堂筹拨巨款，使校舍条件大有改观，规格大幅提升，管理日趋完善，师资力量增强。学校聘有中国籍教员10人、日本籍8人、英国籍1人。当年招收学生220名，毕业165名，这些毕业生全部被派往全省各县高等小学校担任教员，成为近代教育的星星之火。此校为太原大学外语师范学院的前身。1908年，张人骏委派留美归国的康奈尔大学农学博士唐有恒负责规划筹建广东全省农事试验场及其附设的农业讲习所，这是我国近代高等农业教育的开始，也是华南农业大学的前身。1907年7月，卢押到香港就任总督后，号召社会人士热心教育，集资捐建香港大学。在捐献资金严重不足的情况下，时任两广总督的张人骏捐出二十万元，成为第二大捐款个人。由于张人骏的带动作用，捐款源源而来。张人骏还出资在港大设立了二十五个奖学金（每年每人300元广东币），远远多于孙中山1915年在港大设立的五个奖学金，成为香港大学的奠基人之一。

张人骏在私生活上也堪称楷模。他一生不纳妾，也不许家中子弟纳妾。蓄养婢女虽然不绝对禁止，但各房使用婢女很少。袁世凯的长女嫁到张家，也是一个婢女都没有。赌博、吸食鸦片绝对禁止，唱戏也被视为不屑之事。张人骏的孙子张象耆回忆祖父说："一家人大有过着清教徒生活的味道，他本人晚年在天津，除了每天写写字外，诗酒风流的事是没有的。因此他不是一个过潇洒生活的逸老，而是一个典型的旧式正人君子。"

晚清，中国遭遇亘古未有之巨变，内忧外患，有识有权如张謇、张之洞（曾任两广总督、两江总督、湖广总督）、刘坤一（曾任两广总督、两江总督）、张人骏，内外兼修，大力创办民族工业，废科举，大批创办新式学堂，倡导君主立宪，中国——特别是东南地区，确有颇具生气的一面，虽然"新"尚不明朗，但中国人正努力从"旧"中走出来。他们恪守为臣为人的规矩，做了他们自己所能做的，对国家、对民族多有贡献，我们实在不应苛责他们。中国曾经是一个敬老的民族，但是在经历过十九世纪末二十世纪初的重创之后，凡中国"老"的东西，包括"老"人，都成了坚决革命的对象。因此在张之洞、张人骏一代人的"中学为体，西学为用"之后，有了"全盘西化"的提倡。姑且不论"全盘西化"的是与非，作为中国人，因为已经是个中国人，"全盘西化"实际上是不可能实现的。"全盘西化"不仅是可行不可行的问题，也是可能不可能的问题。有人说过这样的话：提倡百分之百的西化，最后得到的可能不到西化的百分之五十。那得到的百分之五十就是纯粹的"西"？何况"西"自身本就很庞杂，英、法、德、美之"西"也不完全是一回事，而且，其中早就掺杂、吸收了东方的元素，西方的一些国家在某些历史时期不是也曾以中国为时尚吗？与顽固守旧派相比，与张勋、袁世凯出尔反尔的复辟相比，甚至与盲目革命派相比，恪守传统道德而又务实求进的张人骏们确有其可贵、可敬之处。且不说他们留下的产业、教育基础，即使在今天看来，张謇建起的江苏省咨议局、张人骏建起的西花厅，仍是南京最西化的建筑，在杂乱无章的民房中间，在一片大屋顶的中式大院里，扎眼而明亮。至少在建筑风格上，张謇、张人骏们的西化力度超过了后来的人。“恋旧”和“喜新”其实是人之本性的两面，残酷的现实更迫使晚清重臣和有识之士不得不向“西”、求“新”。关键是如何“新”——这永远是摆在每个民族面前的课题。只知道革祖宗的命，而不去弄明白祖宗曾经的努力（张謇、张人骏们的理想至今未曾实现），我们就不可能知道在何处着力。据传，十年浩劫中，根本没有能力对张之洞们的理念和学说进行清算的乌合之众，选择了在肉体上进行革命：1966年农历九月廿六，在张之洞的故乡河北南皮，以南皮中学学生为主的造反派扛旗打锣来到墓地，先将张之洞墓碑拉倒，然后开始掘墓，将张氏夫妇尚未腐烂的尸体吊在树上。张氏后人不敢收尸，任尸体吊在树上月余，直至被狗吃掉。

我只知道，我们不能、也没有资格这样对待自己的祖先。

我们的血管里流着祖先的血，而血脉是不可能被完全割断的。

南京的赛珍珠

要寻访赛珍珠在中国的足迹，南京是最好的去处；从某种意义上可以说，南京是出过诺贝尔文学奖得主的城市——赛珍珠在南京生活了近十五年，她一生中创作的绝大多数作品，包括后来助她获得诺贝尔文学奖的《大地》，不仅以中国为题材，而且都是在南京的一座小楼里写成的。因为政治的原因，对赛珍珠的评价起起落落；但事实证明，赛珍珠的影响力是政治所无法左右的。如今，赛珍珠生活过的江苏镇江、南京，江西庐山和安徽宿州四地都建立了赛珍珠纪念馆。2012年是赛珍珠诞辰120周年，适逢南京大学建校110周年，南京大学校园内的赛珍珠故居按原貌恢复，对外开放。

现今的南京大学北园的围墙是后砌的，赛珍珠故居正好在西墙根，地处偏僻。这座小洋楼坐西朝东（暗合了赛珍珠这位西人对东方中国的态度），两层，砖混结构，坡屋顶，屋顶有老虎窗，建有阁楼和地下室。大门入口处有门廊，由四根西方古典风格的圆柱支撑。为纪念她为中美文化交流做出的贡献，南京大学于2000年5月正式给赛珍珠故居挂牌，由赛珍珠国际基金会主任梅瑞狄斯·理查森女士、赛珍珠母校——美国伦道夫-梅肯女子学院院长夫妇率领的十五人师生代表团也出席了揭牌典礼。曾经的小铜牌挂在赛珍珠故居大门上方，简略写着这样几行黑色的字："美国作家赛珍珠（PEARL S. BUCK 1892—1973）1919年至1934年居住于此，时任金陵大学英语教师，并著有《东风·西风》、《大地》三部曲、《母亲》，传记《异邦客》、《战斗的天使》，译作《四海之内皆兄弟》(《水浒传》)，于1938年获诺贝尔文学奖。"很长时间，这里都是南京大学产业办公室，现已撤出，原来的小铜牌也撤下，换上了"赛珍珠纪念馆"匾额，从地下室到阁楼共四层，也基本按原样恢复。正是在这所洋房里，赛珍珠和她的丈夫布克（也译为"卜凯"，时任金陵大学农学院教授，赛珍珠时任金陵大学外文系教授）带着他们的女儿度过了十多年的时光，也就是在这所房子里，赛珍珠写出了《放逐》和后来助她获得诺贝尔文学奖的《大地》等众多作品。

作为作家的赛珍珠，是中美文化交融的产物，是美国传教士来华传教的直接结果。赛珍珠的父母在中国传教多年，但生了四个孩子三个都夭折了，后来回美国生下了赛珍珠。赛珍珠的英文名字为Pearl Sydenstricker Buck，中文名"赛珍珠"为英文名的音译加意译："赛"来自她的家姓Sydenstricker（她父亲的中文名为赛兆祥），Pearl为"珍珠"，而Buck为她的夫姓。我过去文章中以讹传讹，说赛珍珠因慕名妓赛金花而取名赛珍珠，实在是很低级的错误。

赛珍珠生于美国弗吉尼亚州外祖父母家，4个月时就被任在华长老会传教士的父母带到了中国清江浦（今江苏淮安）。1896年随父母移居镇江，后来就在中国接受教育，先后在镇江市崇实女子中学（今镇江第二中学）和上海读书，深受中国传统文化的影响，因此中文为她的母语之一。17岁时赛珍珠回到美国，进入弗吉尼亚伦道夫-梅肯女子学院学习心理学，毕业后又回到中国，任教于母校——镇江崇实女子中学。1917年春天，与美国农艺师约翰·布克结婚。之后，夫妇俩去安徽宿县工作，做中国农村的调查研究，赛珍珠由此积累了不少她后来小说的写作素材。1921年下半年，赛珍珠随丈夫布克长住南京，共同受聘于美国教会所办的金陵大学，住平仓巷3号，一幢单门独院的小楼，也就是现在的赛珍珠故居。当时这所房子大概是教会的房产，因他们夫妇到金大任教而分给他们居住。布克是一位农学家，教授农业技术和农场管理的课程，创办了金陵大学农业经济系并任系主任，因出版《中国农家经济》一书而被视为美国的中国问题专家。赛珍珠则在金陵大学外文系任教，并在东南大学等校兼职。徐志摩、梅兰芳、胡适、林语堂、老舍等人都曾是她家的座上客。和赛珍珠一起在东南大学兼课的梁实秋曾在文章中回忆说："我觉得她应该是一位好的教师。听说她的婚姻不大美满，和她丈夫不大和谐。她于1892年生，当时她大概是36岁的样子。我的印象，她是典型的美国中年妇人，肥壮结实，露在外面的一段胳膊相当粗圆，面团团而端庄。"梁实秋的外貌描写，赛珍珠那时的照片可印证。

生活安定下来后，大概从1922年起，赛珍珠，也就是布克夫人，一边做着家庭主妇（据说她连缝纫和烹调也常常是亲自动手）一边教课，其余的时间大多用来进行文学创作和文学翻译。断断续续用了五年的时间，赛珍珠将中国名著《水浒传》翻译成英文，在西方出版后，成为畅销书，她也成为《水浒传》第一个西方全译本的译者。赛珍珠通晓汉语，对中国小说有着极高的评价。她在诺贝尔奖授奖仪式上的致谢词便是以“中国小说”为题的，她说：中国的古典小说与“世界任何国家的小说一样，有着不可抗拒的魅力”，“一个真正受过良好教育的人，应该知道《红楼梦》《三国演义》这样的经典之作”。

赛珍珠写作大多在阁楼上，窗户正对着紫金山（钟山），那时南京还没有高层建筑，因此她写作时总是面对南京这座最高最美的山，远远地看着它思考或者发呆。这所房子除了主楼梯以外，还有一副楼梯，赛珍珠夜里写作时间长，肚子饿了，可以从阁楼走副楼梯直达一楼的厨房找吃的东西，而不影响在二楼休息的丈夫和女儿。房子的一楼原来还留着中国式的猫洞，赛珍珠家当时可能还养着猫。相当长一段时间内，生活想必是充实和温馨的，否则无法写出那么大量的作品。1933年11月28日，中国作家兼翻译家章伯雨来拜访赛珍珠，后来写成《勃克夫人访问记》（勃克即布克——作者注），文中较详细地记载了见到赛珍珠以及这所房子的情况。那是一个连绵阴雨后的爽晴天，“在夕阳渲染的整个西天通红的下午，我独个儿携着一封译过她的《青年革命家》的我的介绍信，站在一座因为生了白蚁而在大加修理的，还有两个油漆匠在户外修饰窗棂的精美洋房前”。但当时赛珍珠不在家，她家的女佣说女主人每天上午在楼上写作，什么人也不准上楼，外出办事、访友通常在下午。章伯雨正要离去时，赛珍珠正好回来了，“一个戴着宽边帽子，穿着一件夹大衣的看来不过三十左右的西洋少妇模样的女人慢步地走来……”当章伯雨自我介绍后，赛珍珠“亲切而愉悦地”接待了他，并将他引进会客室。“这间精致的会客室，里边四周围的书架上摆满了很整齐的硬皮书籍，壁上挂着几幅中国画，一个靠在烛台下的桌上排列着一堆大的小的各种颜色的印章，她请我坐下后便在我对面的一张椅上坐下，这里的温暖好似四月天气，是沿着四面墙壁上爬伏着的热水汀发出的暖气。她已脱去大衣和帽子，她更显着不如我想象的那样苍老，虽然她已是过了四十岁的人，但年岁好像并没有折磨了她的使我惊奇的美丽容貌，而且从她幽静的态度和从容的谈吐中增加了我认为她是真实的具有东方女性的性情的心理。”章伯雨的文字虽然现在读起来不怎么顺当，欧化得厉害，但她对赛珍珠和她的住所感觉是相当好的，这仍然可以从他文章的字里行间看出来。

在这样的氛围里，赛珍珠创作了大量的文学作品，尤其以反映二十世纪上半叶中国农村生活的长篇小说闻名于世。其中的《大地》1932年获得普利策文学奖，1938年助她获得了诺贝尔文学奖。瑞典文学院在授予赛珍珠诺贝尔文学奖时，盛赞她通过自己质地精良的文学著作，使西方世界对中国人民有了更多的理解与尊重，这些作品还赋予西方人一种中国精神和弥足珍贵的思想情感，“正是这样的情感，才把人作为人类而在地球上连接在一起”。

传闻与赛珍珠有恋情的徐志摩也曾到这所房子里拜访她。如果确有此事，初次拜访应该是1924年，印度诗人泰戈尔访华，徐志摩为其担任翻译，在南京一次欢迎泰戈尔的宴会上，赛珍珠与徐志摩相识并开始他们的交往，后来徐志摩曾到赛珍珠家中做客。关于这段交往，传说赛珍珠生前曾透露给她的两位好友莎拉·布顿和诺拉·史迪琳。赛珍珠去世后，她们公布了这段“风流韵事”。莎拉说：“赛珍珠有个中国情人，这就是有‘中国拜伦’之称的徐志摩。”诺拉写的《赛珍珠传》更是将赛珍珠和徐志摩之间的交往大加渲染。事实究竟怎样，当事人生前并未明确说及，其他人也就只好猜想和揣摩了。

这里是赛珍珠在南京的家，在这座房子里，赛珍珠酸甜苦辣的滋味算是都尝到了。既有写作的巨大成功（名利双收）和家庭的温馨安逸，也有生活的苦涩与家庭的阴影。布克夫妇唯一的女儿年龄稍长时被发现患有智障，回美国后过早地去世了；婚姻也遇到麻烦，原来只是传闻，后来终于走到了尽头。出版商、约翰·戴公司总经理、《亚洲》杂志主编理查·沃尔什是赛珍珠作品的发现者和主要出版者，市场的成功，不仅让赛珍珠和出版商声誉日隆，也给双方带来巨大的版税收入，创造了丰厚的利润。沃尔什也利用各种机会来南京与赛珍珠相聚，也许是因为共同的语言和共同的利益，赛珍珠最终决定放弃布克，与沃尔什结婚。1934年，布克不得不同意离婚。1935年，赛珍珠回国，与沃尔什结婚，并进入约翰·戴公司任编辑，之后在宾夕法尼亚州的农庄里从事写作。对赛珍珠的婚变，人们有褒有贬，不过，还是那句话，爱情婚姻中的奥妙只有当事人最清楚，别人只能是猜测和想象；有一点是肯定的，这一次她永远离开了她深爱着的中国，永远离开了这所房子，她的家。

赛珍珠故居称得上是一所名宅，当时应该也是南京比较好的房子。除赛珍珠外，不少重要人物也曾在这里居住。1929年6月，国民政府举行孙中山奉安大典期间，赛珍珠曾在家中腾出地方，供中国驻美大使施肇基博士和为孙中山遗体做防腐处理的泰勒博士住宿。1937年南京沦陷后，其时赛珍珠已回国，布克教授大概也已不在这儿居住，住在这里的是几位富有正义感的美国友人，如金陵大学的贝茨博士、史密斯博士，基督教青年会的乔治·菲奇，北方长老会的米尔斯牧师等，这几位当时都是南京安全区国际委员会的成员。在《拉贝日记》一书中，可以看到这几位写的不少报告和信件上均注有"南京平仓巷3号"字样，指的就是赛珍珠的这所房子。这几位美国人是南京安全区国际委员会主席拉贝最重要的合作者，拉贝称这里是南京安全区国际委员会的"智囊团"。《拉贝日记》多次提到这个地方，据其记载，1938年1月23日，拉贝曾来这里庆祝南京安全区国际委员会总干事菲奇先生的55岁生日，日记里这样写道："我送给菲奇先生的是两只活鸭。但是它们很瘦，可怜的家禽已经很久没有进过食了。”鸭子是南京人主要的肉食之一，当时已经成为亡国奴的南京普通百姓，“很瘦”的鸭子也是吃不上的。

赛珍珠后来回忆南京的生活仍充满留恋之情：“在这里，我生活的一部分是在金陵大学、东南大学和后来的南京大学教书，教授英国文学……我住在南京的一所旧砖瓦房里，房子四周是我喜欢的大花园。在那里，我种树栽花，我丈夫培植蔬菜。我们在花园里，夏天在这里进餐，朋友们带着孩子同我们一起在这里游憩。”（这里所说的“旧砖瓦房”应该不是现存的这所洋房。1927年3月，国民军入南京，赛珍珠一家为避战火离开南京，一年以后回来，住房被大火烧毁，这被烧毁的房子可能就是“旧砖瓦房”。）一直到死，赛珍珠也无法将中国忘怀，对她来说，中国的许多地方都让她有家的感觉，而在美国她却有种离家的失落感。虽然在西方人的眼中，赛珍珠是一个令人尊敬的中国文化的深刻同情者和积极译介者，被奉为中国问题的“唯一权威”和“中国人的第一位美国朋友”，但作为一个作家，赛珍珠的双重身份是很尴尬的，身为一个美国人，住在西式的房子里，所写的却大都是中国的人和事，她因此长期被中美两国的文学史排斥在外——何止是排斥，这位要用写作的方式来报答中国的美国女人在相当长的时间里在中国这里受到的甚至是恶毒的待遇。要恶毒地对待一个人，最好的方法就是用党派的观点、党派的需要去理解和利用一个人。在中国国民党那里，赛珍珠没好果子吃。她赞扬过蒋介石，但对国民党政府她也有自己的看法。1938年她在哥本哈根接受记者采访，有记者问到中国的前途时,“她指出,一个强有力的政府是和平的唯一希望,但蒋介石因无视农民而失去了他的机会”。由于她的言论,中国国民党的代表拒绝参加她的诺贝尔文学奖授奖仪式。中国文艺界的极左人士称她为“美国反动文人”和“美帝国主义文化侵略的急先锋”,对赛珍珠与中国人民的特殊友谊毫不理会,对她通过写作改变西方人头脑中关于中国支离破碎的印象所做出的重大贡献,对她在作品中站在中国人民一边抗议日本军国主义侵略中国,对她在其主编的《亚洲》杂志上刊登斯诺描写中国共产党的革命纪实《西行漫记》等,也是只字未提。1972年,美国总统尼克松访华,两个月后,赛珍珠也向新闻媒体宣布自己即将访华。但就在1972年5月17日,赛珍珠80岁生日前夕,中华人民共和国驻加拿大大使馆给她发来了一封简短的信:“亲爱的柏尔·布克夫人:来信收悉。由于你长期以来在著作中丑化、中伤和诽谤中国人民和他们的领袖,我受权通知你,不能接受你的访华要求。”信使礼貌严谨的外交辞令、内涵的冷淡与排斥让人心生寒意,没人知道赛珍珠看到这封信的确切感受。不到十个月,赛珍珠就带着深深的遗憾与世长辞。她病逝后,按其遗愿,墓碑上只镌刻“赛珍珠”三个汉字。时任美国总统的尼克松在悼词中称赞她是“一座沟通东西方文明的人桥……一位伟大的艺术家,一位敏感而富于同情心的人”。虽然到了二十世纪八九十年代以后,中国人逐渐对赛珍珠有了比较公允的评价,但对赛珍珠在中国的遭遇的反思我觉得还远远不够。对那个曾经住在这所房子里的美国妇人,不少中国人所津津乐道的还是关于她和徐志摩恋情的传闻以及她与林语堂之间的版税争端。

令人欣慰的是，南京大学早在二十世纪八十年代就与美国约翰斯·霍普金斯大学合作建起了中国最早的中美文化交流中心，进行着赛珍珠未竟的事业。1998年10月17日，美国前总统乔治·布什访问南京大学并接受南京大学授予的名誉博士学位，次日上午专门参观了赛珍珠故居，表达对这位以中国社会为作品主要内容的作家的怀念。他告诉中国朋友，像千千万万美国人一样，他当初对中国的了解，以至后来对中国产生爱慕之情，就是受赛珍珠的影响，这些都是从读她的小说开始的。美国波士顿大学教授杰姆斯·C. 汤姆森在《华盛顿邮报》发表文章称："在她（赛珍珠）四十年异乎寻常的多产的作家生涯里，赛珍珠赢得了千百万忠实的美国及外国读者。她向美国提供的中国和中国人民的生动形象，一直延续至今。尽管政治气候在不停地变化，但在很大程度上正是由于有了赛珍珠，一代代美国人才带着同情、热爱和尊敬的目光看待中国人。""赛珍珠对美中两国最大的功绩还是她在美国人民的心目中创造了一个中国人民不可动摇的良好信念。"

现在这座房子周围的环境，与赛珍珠二十世纪三十年代在此居住时相比已经发生了很大的变化，我想，如果赛珍珠的魂灵能渡过大洋来南京，即使没有路牌指引，她也能找来这里——那个穿着夹大衣的布克夫人又站在这门前，这样的画面一晃已经过去了将近百年。

南京的教堂

自明朝利玛窦到南京传教，特别是从二十世纪初开始，南京陆续出现了众多的教堂。但是，因为历史的原因（那些原因真是不愿多说了，中国，特别是做了十多次废都的南京，有太多的兴亡沧桑），现在剩下的老教堂主要有三座：石鼓路天主教堂、基督教莫愁路堂、圣保罗堂。因为数量少，因为经历数次磨难而能保留下来，所以弥足珍贵。这三座教堂当然是公共教堂，一些大人物和外籍人员有他们的专属礼拜堂。比如蒋介石皈依基督后在他南京东郊的小红山官邸（现在被称为美龄宫）就专门辟有礼拜室，外国政要有时也和他一起到那里做礼拜，实质上是要有人间的大事商量、谈判。再比如教会学校金陵大学（今南京大学）内也设有礼拜堂，大概是供信教员工做礼拜，一般不会公开对外开放。

石鼓路天主教堂

石鼓路天主教堂被称为“圣母无染原罪始胎堂”，位于南京市秦淮区石鼓路112号，西邻螺蛳转弯，如今是天主教南京教区的主教座堂，也是南京市区保存下来的唯一的天主教堂。它经历了二拆三建，如今站在它的面前，真让人有不胜今昔之感。

南京的天主教，始于意大利耶稣会士利玛窦到南京传教，那是1600年前后，中国明朝万历年间。其时虽然首都迁去北京多年，但南京仍是留都，传教士刚到南京时，他们真的是被这座城市的"秀丽和雄伟"怔住了。"它真正到处是殿、庙、塔、桥，欧洲简直没有能超过它们的类似建筑。在某些方面，它超过我们的欧洲城市。这里气候温和，土地肥沃。百姓精神愉快，他们彬彬有礼，谈吐文雅，稠密的人口中包括各个阶层：有黎庶，有懂文化的贵族和官吏。后一类在人数上和尊贵上可以和北京的比美，但因皇帝不在这里驻跸，所以当地的官员仍被认为不能与京城的相等。然而在整个中国及邻近的各邦，南京被算作第一座城市。"（利玛窦，1983，《利玛窦中国札记》，北京：中华书局，286—287）与从事其他事业一样，结交城中的权贵是必需的。利玛窦曾受邀去魏国公徐弘基（明开国功臣徐达之后）府上做客，地点就在今天的瞻园。徐府某种程度上是南都的权力中心之一，碰到军国大计，各路权贵往往是先集中到徐府议事，所以利玛窦能受邀到徐府做客，实在是件特荣耀的事。还有南京"地产"的状元焦竑，虽然罢职后回故乡南京闲居，但仍享有崇高的声誉，是实际上的风雅盟主。辞官做了和尚的李贽其时住在焦竑府上，自然也和利玛窦认识了。

"离经叛道"的李贽对异质的天主教抱有好感，虽然对其教义不甚了了。当利玛窦回访他时，李贽按照中国文人的礼数赠送利玛窦折扇一把，上面题了诗一首《赠西人利西泰》，后收录于李贽《焚书》卷六："逍遥下北溟，迤逦向南征。刹利标名姓，仙山纪水程。回头十万里，举目九重城。观国之光未？中天日正明。"李贽甚至赞叹利玛窦是"一极标致人也。中极玲珑，外极朴实，我所见人未有其比，非过亢则过谄，非太露聪明则太闷闷聩聩者，皆让（逊）之矣"。（见《续焚书》卷一《与友人书》、《焚书》卷二《答焦漪园》）这么高的评价出自李贽之口，可见利玛窦给李贽留下了极佳的印象。在利玛窦结交的达官贵人中最有名的当属徐光启，因为他不仅是大明的高官、科学家，还是正式受洗的教徒。在南京，利玛窦和南京儒、佛、道三教人士有过多次聚会和辩论，可见当时南京的文化氛围是相当活跃和包容的。利玛窦后来因此能一直在中国传教，直到1610年5月11日逝世。他的墓现犹存于北京阜成门外二里沟（今北京市委党校内）。2010年是利玛窦逝世400周年，适逢中意两国建交40周年和意大利中国文化年。为此，两国合作在首都博物馆、上海博物馆和南京博物院举办《利玛窦——明末中西科学技术文化交融的使者》巡回展，纪念这位第一个把近代西方科技与艺术成就介绍到中国的欧洲人，他在中国不仅传教，也播下了数学、天文和地理知识的种子，为明代中国开启了一扇科学之窗。他虚心学习中华文明，向西方传播中国文化，是中外文化交流的里程碑式的人物。

利玛窦等克服重重困难，终于使南京成为中国教区少数几个传教中心之一，并很快在正阳门西营崇礼街（今光华门）购下一中国官员的官邸（据说是因为闹鬼被房子的主人出售），在主厅里建起了神坛。这是南京第一座固定的教堂，徐光启等就是在这里受洗为教徒。1610年起，具体负责南京教务的王丰肃神父在此小教堂附近建造了一座正规的西洋式拱顶结构无梁大圣堂，定名为“圣母无染原罪始胎堂”，于1615年落成。后来异址建起的石鼓路天主教堂仍称为“圣母无染原罪始胎堂”，名称始于此时，如果这样计算它的历史，迄今已近四百年了。当初，堂内正祭台上的无染原罪始胎圣母像（油画），是利玛窦神父通过耶稣会远东分会从日本耶稣会借调来的一位工于丹青的辅理修士华侨倪雅谷为新堂所画。遗憾的是这座新圣堂落成不久就引起南京诸多保守派官员的强烈不满，终于引发了《中国天主教传教史》中有名的1616年“丙辰南京教案”。《南宫署牍》中所载的沈潅《参远夷疏》之第一疏中，记沈潅之自言曰：“臣初至南京，闻其聚有徒众，营有室庐……其类实繁，其说浸淫人心，即士君子亦有信向之者。”《明史·沈潅传》中亦记载沈潅之言曰：“西洋人利玛窦入贡，因居南京，与其徒王丰肃等倡天主教，士大夫多宗之。”1617年，圣母大堂被夷为平地。

“南京教案”的风波稍稍平息之后，在南京的神职人员决心在天主教的另一活动场所罗寺转弯［今螺蛳转弯，明代时为经过佛教寺庙罗寺墙角的小路。《白下琐言》记载，“汉西门内罗汉寺，其地亦名罗寺转弯；又其旁有罗廊巷。按：宋太始中建，号延祚寺。唐有罗睺和尚建塔寺内，亦曰罗寺”。（第37页）］

公所（即如今石鼓路天主教堂所在地）的宅基和其附近的土地上重建一座新的圣母大堂。1630年，新的圣母大堂终于落成；1659年起，升格为中国天主教北部代牧区的教务中心；1685年，成为首任国籍主教罗文藻的主教座堂。多位重要神职人员在这里居留：如北京教区第一任主教、方济各会会士伊大任主教（Msgr. Bernardino della Chiesa，O.F.M. 1644—1721，意籍）在这儿做过十四年长客；1706年11月至1707年3月下旬，康熙帝数次接见并赐宴的教宗克雷芒十一世的特使，后升为枢机的多罗主教（Carlo Tommaso Maillard de Tournon）也在此生活了四个多月。这座圣母大堂经受了清政府的长期“教禁”和太平天国的大动荡，居然劫后余生，屹立216个寒暑不倒。反而是到了道光皇帝谕令解除“教禁”的1846年，因受教产纠纷影响，圣母大堂惨遭厄运，在李鸿章的暗示下，被地方官员差人拆除，仅留下一间边房维持宗教活动。

1866年11月，经多方交涉，南京的教产问题才终于有了结果，罗寺转弯老公所产权得到官方确认，教区又在公所附近买到一块比原先总面积大了一倍的土地，公所遂得以扩大。1867年，在罗寺转弯重建南京“圣母无染原罪始胎堂”再次被提上议事日程。当年乘法舰“康克雷德”号到南京的雷遹俊神父决定重建这一座圣母大堂，这一任务最终由耶稣会辅理修士顾培原（Jean Gousery，法籍）实施。堂区占地总面积共5 004.1平方米，建筑面积计2 642.6平方米，大堂本身面积为600平方米。所有建筑包括神父住院，皆于1870（同治九年岁次庚午）全部竣工。这座重建的圣母大堂的堂徽是“万福玛利亚”的拉丁文“Ave Maria”一词两个大写字母的艺术书写。圣堂模仿罗马乡村修会教堂式样建造，外观古朴简洁，内部系拱顶结构，无梁，采用四分顶形式和西方古代教堂拱顶结构及光纤色彩的传统手法。由于中国当年技术和材料的限制，该堂的屋顶结构仍然采用中国传统的木屋架，下面用曲线的木构件和灰板条模仿罗马风的圆拱作为吊顶，外形几可乱真。从圣堂上空鸟瞰，整个圣堂是一个平躺在地面上的十字。圣堂的弥撒间和更衣所上面是钟楼，钟楼上安置着一口铜钟，高80公分，钟口直径70公分，全重400公斤，钟声悠扬悦耳，这是当年法国铸钟师的作品。主教大礼弥撒时所使用的“牧人”权杖有4节，高2米；还有祭台上圣体降福时所用的“圣体发光”，系铜质镀金，和铜钟一样，也显示了法国人的精湛工艺。

寒来暑往，其中还经历了北伐战争、“八年沦陷”和“文革”十年动乱，虽然经过多次破坏和多次修缮，这座天主堂还是奇迹般保存了下来，至今已有一百五十多年。教堂在北伐战争中遭受的破坏最为严重，曾一度改作马厩。1928年，国民政府拨款15万元维修，现在的教堂基本保存了重修后的风貌。门额上的楷字“天主堂”为国民党元老于右任所书。抗战胜利后，这里是天主教中国国籍总主教堂，大主教为于斌，当年为“总统”蒋介石、“副总统”李宗仁授印的好像就是这位大主教，现在教堂里还保留着他使用过的教袍等圣物。“文化大革命”期间，宗教活动中止，教堂设施遭受破坏，被交电商场占用，所幸主体建筑保留下来，1980年12月25日重新开放，现为省级文物保护单位。

石鼓路天主堂是南京唯一保留下来的罗马风格建筑，在全国也是少见的。罗马，时间上、空间上、文化上，似乎都是那么遥远，可又是如此之近。

基督教莫愁路堂

我第一次访问基督教莫愁路堂正赶上一个晴天，众多的义工在堂内堂外尽心地打扫擦拭，蓝天下高耸的哥特式钟塔让我心地澄明。由于大堂周围的空间被占用，莫愁路教堂陷在周围混乱的建筑中间，显得新异而又清新。后来每次经过那里，我总是会留心看看它。看到它的身影，看到教堂对面老明德女中当年建起的房子还静静地在那里，看到如今的女生从那里进进出出，叽叽喳喳，在这个纷纷扰扰的世界里，我的心里就有了些许踏实感，每每有莫名的感动。

南京汉西门地区是西方传教士早期活动较为集中的地区。这可能与利玛窦的传统有关。明朝天主教罗寺转弯公所，以及在它的基础上建立的石鼓路天主教堂也在这一地区。另外，太平天国失败后，这里的东王府等大面积的建筑被烧成废墟，有砌建新建筑物的空间，可能也是原因之一。同是位于这一区域的基督教莫愁路堂离石鼓路天主教堂很近，它的源头可追溯到清同治十二年（1873年），当年美国北美长老会的韦理夫妇来南京传播基督教；次年，该会的李满夫妇也来南京传教，南京从此有了基督教福音。清光绪十年（1884年），该会传教士在南京四根杆子路建成“四根杆子礼拜堂”，据说当时可容纳100人做礼拜。传教士在中国传教，往往与办教育、医疗同时进行，因此北美长老会在建教堂的同年建成教会学校明德女中（今南京市幼儿高等师范学校）。清光绪十四年（1888年），李满在明德女中东面建起一座正规的教堂，叫“耶稣会堂”，可容纳400人。这也是南京最早的基督教教堂。清宣统二年（1910年），聘请山东长老会的孙希圣为该堂牧师，他也是中国首位华人牧师。

民国十六年（1927年），耶稣会堂改名为南京汉中堂。民国二十三年（1934年），四根杆子（路）拓宽成莫愁路，汉中堂被拆除，因此在旁边建了两层楼布道所（这幢建筑也在1991年被拆除，原址建成南京市基督教大楼）。民国二十五年（1936年），鲍忠牧师筹款折合1 100两黄金重建汉中堂，属哥特式建筑风格，建筑面积746平方米，可容纳一千多人。汉中堂由金陵大学（该校也由美国北长老会联合其他教会创立）时任校长陈裕光之弟陈裕华长老设计，陈明记营造所建造。基督徒冯玉祥将军在房角石上题写了“因为那立好了根基的就是耶稣基督”，张之江将军题写了“汉中堂”匾额。汉中堂于1936年8月4日下午举行奠基典礼，1938年10月16日正式对外开放，至1942年全部竣工。1937年12月13日，侵华日军制造了南京大屠杀惨案，汉中堂办有难民收容所，掩护了不少难民免受日军杀害。南京大屠杀的幸存者，有不少是因为躲进了西方人的教堂才存活下来。

1954年，汉中堂更名为莫愁路堂。“文革”期间，教堂关闭，房产被外单位占用。1980年底，恢复礼拜，教堂也按原样进行了修复。

莫愁路堂位于今南京市秦淮区莫愁路309号，坐东朝西，是一座典型的英国乡村式教堂建筑，总建筑面积为1800平方米。它的设计和构造整体和局部都较为用心，尤其是高耸的钟塔入口及侧窗的尖顶很是醒目。整个建筑的平面呈十字架形，砖木结构，穹窿顶，屋顶上覆以方形水泥平瓦，外墙用青砖，清水勾缝。正立面幕墙由哥特式尖券门和细长尖券窗组成整体饰面，并用白水泥浮雕和白色磨石构成一个大尖拱券，高17米。拱券顶部为星际和十字架组成的图案。殿内有八根人字形柱，木结构屋架由两侧向中央逐级出挑、升高，每级下面有一个圆弧形撑托和一个下垂的装饰物——这种结构方式称为“锤式屋架”，属于十六世纪英国都铎王朝的建筑风格。基督教莫愁路堂为南京市文物保护单位、南京市优秀民国建筑。

圣保罗堂

保罗为基督教的圣徒，世界上建有多所以他名字命名的教堂，比如伦敦圣保罗教堂、墨尔本圣保罗教堂，中国除了南京的圣保罗堂外，青岛也建有圣保罗教堂。南京圣保罗堂所在的太平南路在民国时期是南京最繁华的商业街之一，如今虽然被后起的商业区抢了风头，也还是商家林立；但无论你是步行或是坐车，一般都不会错过圣保罗堂的身影。

南京圣保罗堂是南京现存最早的基督教教堂，原属于中华圣公会江苏教区，副堂建于1912年，主堂建于1921年。

1910年，美国圣公会传教士季盟济（G. M. B. Gill）牧师在南京马府街赁屋开始传道。1912年在门帘桥大街购地26亩（今太平南路396号），先建成一座礼拜堂，命名为圣保罗堂（即后来的副堂）。后来为了建造大堂，季盟济又从美国一位圣公信徒那里募集到一笔捐款。这位信徒为了纪念在第一次世界大战中牺牲的儿子，祈祷和平，捐款到中国建立教堂。用这笔捐款建起的圣保罗大堂在圣保罗礼拜堂南边选址，1921年动工，按欧洲乡村教堂形式设计，由金陵大学建筑工程师齐兆昌监造，陈明记营造厂承建。全部建筑费用包括设备共12 000美元，折合时币48 000银元。1923年正式命名为圣保罗堂，并举行了隆重的祝圣典礼。原来的礼拜堂改作牧区事务所，内设办公室、会议室、接待室和小礼拜堂。本世纪初，建于1912年的小礼拜堂被鉴定为“危房”，于2003年拆除，虽然已在原址按原貌重建，但百年建筑被拆除，还是让人稍感遗憾。

历史上圣保罗堂的鼎盛时期是1930年代。由于同道的努力，圣保罗堂得到了进一步的发展，基金也显著增加，教徒发展到千余人，还派遣堂牧出国深造。教堂附设有学校、诊疗所等。1937年，日寇侵占南京，该堂诊疗所、布道所、书报堂、主日学课屋及一部分职员宿舍被焚毁，所幸大堂主体未受破坏。该堂抗战前有董事会，后因“抗战”解散，1940年1月又重新组织，每月举行董事会一次。1943年3月，该堂被日本宪兵队占领，宗教活动被迫迁到丰富路神召会房屋内进行。主日上午仍然举行圣餐及崇拜，下午借新姚家巷协进会布道所举行晚祈。牧师薪金仅靠自己在校外兼课收入维持，女传道士则离职去沪谋生。由于日寇暴虐，有些牧师因传道被扣留，教徒见此大都不敢参加宗教活动。抗战胜利后，收回太平路和白下路两处教产，由傅、汤二位牧师清理堂址，重建大门，修葺房屋，种植花木，勉强恢复大堂主体旧貌。1945年9月16日举行洁净圣殿礼、主日崇拜等，恢复了一切事工。儿童崇拜、儿童主日学、唱诗班、男女传道服务团、妇女聚会、青年团契、圣经班等均完全恢复。到解放初，教徒仍在二三百人之间。

圣保罗堂在抗战前设有乡村分堂两所，一所在江宁县东流镇，一所在江宁县汤山镇。后来东流、汤山教堂彻底被日寇炸毁。

圣保罗堂本是南京基督教圣公会的礼拜堂，1958年南京教会合并，实行联合礼拜，保留圣保罗堂为南京四所主教堂之一，改称太平路堂。“文革”期间为工厂占用。1984年4月，大堂及部分房产归还南京三自爱国会，在尽量保留和恢复原来建筑外观和内部结构的条件下做了维修。1985年7月28日，重新正式开堂，圣保罗堂的钟声在沉寂20年后被重新敲响。

如今的圣保罗堂主堂为南京市文物保护单位，仍保持了当年的模样，外观属于较为地道的哥特式，内在结构用中国传统的构架取代了哥特式的尖券交叉拱，只是周边土地被其他单位、民居占用，原来的26亩，现只剩下4亩。

建造该堂的建筑材料为就地取材，墙体用南京旧城墙砖磨光砌筑，窗座、门扇、墙中部环箍、钟楼顶屋、城堡式的堞和封盖，以及内柱脚、拱座，由采自镇江高资山的白石切割打磨而成。堂内的读经台、讲座台、洗礼池、圣坛和栏杆柱等也都是用白石磨光砌制。墙上的环、拱座内侧石面上缮写了经文，并贴上金箔。高耸的钟塔内悬挂两米直径钟一口。当年钟声宏亮，远近可闻。

站在圣保罗堂高耸的钟塔之下，人显得如此弱小。如今教堂钟楼已完全被枝蔓粗壮的爬墙虎四面裹起，古意盎然。据教堂人员介绍，上面的那口大钟为德国造，这样的大钟南京还剩两口，另一口在金陵大学（今南京大学）的礼拜堂内，前几年德国原制造厂还派人来看过。我特别想登上钟楼看看那口钟，但因钟塔内的楼梯损坏，未能如愿。接待我的牧师说，他的理想是在今圣保罗堂的旁边再造一座更为宏伟的圣保罗大堂，完全由中国人设计制造，不受外国人的节制。我虽然不是基督徒，但不知为什么，我特别希望他的理想能够实现。

文德桥：半个月亮和半个月亮

长江人人都知道，南京长江大桥也是无人不晓，小学时读关于南京长江大桥的课文，无比向往，无比振奋。现在南京又有了长江二桥、三桥、四桥、五桥，绝对现代，真正高科技。可是从历史文化的角度看，南京最著名的河是秦淮河，秦淮河上最著名的桥要数文德桥。文德桥联系着的秦淮河两岸，文德桥左右的半个月亮和半个月亮，它们所代表、体现、承载的人文信息和密码已经沉淀到了中国人的心灵肌理中。

文德桥位于秦淮河和夫子庙的核心地区，北邻夫子庙大成殿，是秦淮河联系南北两岸的咽喉要冲。据说，六朝时文德桥是一座浮桥，唐代开始在此地建起木桥，明代建石礅木架桥，1976年改成钢筋混凝土桥面，桥墩仍是明代的船形体制。白居易有诗说南京的桥："绿浪东西南北水，红栏三百九十桥。"南京古代有大小桥梁约四百座，现在能留下的也大都建成了钢骨水泥双曲桥和架桥。从物理层面来说，现在的文德桥已经跟原初的文德桥关系不大，但这并不影响古桥在历代人们的心河上投下它的身影。

文德桥有名，自然是因为秦淮河，乌衣巷口夕阳斜，凤凰台上忆吹箫，是因为桥上桥下河边走过的那些人。柳敬亭在桥边说书，顾恺之在秦淮河文德桥边画成《少女晓妆图》《唯摩诘像》。在离文德桥不远的桃叶渡，王献之的爱妾曾经一次一次迎送她的情郎。桥边发生过李香君的故事、马湘兰的故事、柳如是的故事、董小宛的故事……还有曾经从桥上桥下走过并留下诗词的李白、刘禹锡、杜牧、李煜、王安石、苏轼、辛弃疾、文天祥、温庭筠、杨万里、陆游、范成大、吴敬梓、龚自珍等等。李白的《长干行》:“郎骑竹马来，绕床弄青梅。同居长干里，两小无嫌猜。”青梅竹马的长干里与文德桥近在咫尺，两小无猜的那两个必定经常来文德桥上玩耍。侯方域的《金陵题画扇》:“秦淮桥下水，旧是六朝月。烟雨惜繁华，吹箫夜不歇。”国事、家事、情事，文德桥边徘徊的侯朝宗感慨比任何人都要多。近现代以来，临时大总统孙中山曾在街桥边发表演讲，鲁迅曾用他从江南陆师学堂附属矿路学堂得来的金牌在桥边的书摊换书，陈独秀曾到桥边的贡院参加科举考试，有感于考相公们在此地寻花问柳……

文德桥的北岸是祭祀孔子的夫子庙，边上就是江南贡院。朱元璋建都应天府称南京，这里成为乡试、会试的中心，即使是明成祖迁都北京，这里仍是南都乡试所在，清朝亦然。考试期间，考生云集，最多时有号舍两万多间，一人一间，就是有两万多人集中在此。考试在北岸，考试结束后，生活休闲就在南岸。

秦淮河的两岸，六朝时就很繁华，明清犹盛。十里秦淮，六朝金粉，“一带妆楼临水盖，家家分影照婵娟”，河房水阁，亭台画舫，勾栏酒肆，香风习习，歌舞升平，琴棋书画，才子佳人，这里成了最美的所在，要说风情万种，只能是在这文德桥的上下左右。关键还是人。明末清初的“秦淮八艳”，那是中国文人心仪的“大美”。不仅貌美惊人，而且书画琴棋样样精通，满足了文人骚客、英雄才子对红颜知己的向往和“红巾翠袖，揾英雄泪”的需要。更重要的是她们的仗义多情和气节风骨，公子英雄塌了台的时候，天地和信念总得有人担着，于是大家一起选择了女人——这是无奈的想象和追怀，有羞愧，有伤感，有惆怅，还有欣慰和心理上的偷欢。“寇家姊妹总芳菲，十八年来花信迷。今日秦淮恐相值，防他红泪一沾衣。从残红粉念君恩，女侠谁知寇白门？黄土盖棺心未死，香丸一缕是芳魂。”（钱谦益《金陵杂题》）国家兴亡、悲欢离合，最终因此圆满。

据说文德桥名自“文章道德第一”的儒家思想。但思想归思想，生活归生活，文德桥联系着北岸的科举考场和南岸繁华香艳之地，倒是客观上道出了儒家生活的某些真相。北岸、南岸，缺一不可。好在有桥相连。

文德桥之所以有名，也是因为“秦淮分月”的独特景致。

文德桥的地理方位独特，在晷上属子午线，据说当年每逢农历十一月十五，明月当空，人在文德桥上俯视水面，桥下水中各映半个月亮，形成“文德桥上半边月”的“秦淮分月”奇观。

吴敬梓客居南京见此景象，曾赋诗一首："天涯羁旅客，此夜共婵娟。底事秦淮水，不为人月圆。" 在中国人的心目中，月亮的美远超过了太阳。"月有阴晴圆缺"，现在圆和缺被放在了同一时空下，一轮圆月被分成两半，一座桥和两个半轮月亮，其美学价值更是倍增。满月固然美好，但不如半个月亮那样有未来、有过程。文德桥分开的那两个半轮月亮，正如文德桥联系着的秦淮河的两岸，人们想象着、期盼着它（们）合在一处。合成一个圆。

《南京日报》记载，1988年1月6日，文德桥上又曾现"秦淮分月"奇景。秦淮河已不是原来的那个秦淮河了，不是李白、刘禹锡的那个秦淮河，不是侯方域与李香君、钱谦益与柳如是那时的秦淮河，甚至也不是俞平伯与朱自清"桨声灯影里的秦淮河"，但"此事古难全"的那两个半轮月亮，永远在人们的想念里。

想象是一座桥，古今如此。

金陵啊，秦淮啊

要说一个城市和一条河的关系，没有比南京和秦淮河的关系更紧密的了。金陵啊，秦淮啊，城市有水才灵动，南京因秦淮而千娇百媚，那是怎样的生动和灵气啊。

“江南佳丽地，金陵帝王洲”，六朝金粉，十里秦淮，两岸的长干里、桃叶渡、乌衣巷、朱雀桥、凤凰台、赏心亭、夫子庙……去过和没去过的，依然存在和已然湮没的，对于我们来说，都一直鲜活着，那是从乐府、从唐诗宋词中流淌出来的，甚至包括李香君，都已经成为一个个意象刻在中国人的集体记忆里。

可是，南京却是废了十多次的废都，是一个个短命王朝的亡国之都。“烟笼寒水月笼沙，夜泊秦淮近酒家。商女不知亡国恨，隔江犹唱后庭花。”（杜牧《泊秦淮》）“江”指秦淮河，《后庭花》据说是亡国的靡靡之音。正像历史上有人将亡国之罪推在女人身上一样，也总是有人把十里秦淮列为亡国的罪魁祸首，认为正是那烟水之气和金粉之艳造成了国将不国的事实，因而断定南京是不宜建都的。可真是误解和冤枉了秦淮了。一个健康稳定的国家,人们应该是可以自由地哼曲唱歌的。

秦淮之美,哪是一个“脂粉文化”所能概括得了的。这里的山川风物、工商贸易、民俗风情、文学艺术、教育制度、宗教文化……无不呈现出秦淮所具有的独特魅力,也使出入这里的种种人物各具神韵。在这里来来去去的又岂止是才子佳人、帝王将相、文人骚客、富商巨贾、黎民百姓……实际上是无所不包的。读刘禹锡关于秦淮的名篇《乌衣巷》:“朱雀桥边野草花,乌衣巷口夕阳斜。旧时王谢堂前燕,飞入寻常百姓家。”我没有沉重的沧桑感,倒是觉得飞入寻常百姓家的燕子,增加了民间生活的喜气。秦淮河两岸联系着人们的日常生活,远离了宫廷和军国大事;而且,这里将人们的生活精致化、艺术化了。琴棋书画、桨声灯影,还有民族气节、人格操守……生活不再仅仅是吃饱喝足。

一个不容忽视的事实是:历史上每当政治清明之季,也是秦淮繁华之时。政治的最终目的当是为了国民安居乐业,闾里风清,艺术繁荣,生活与艺术更紧密联系在一起。一个国家灭亡的原因无外乎政治的腐朽,如果把亡国废都之责算在秦淮河头上,似可说明王朝后期政治的反动本质。爱美丽的女人,爱魅力无穷的秦淮河都没有错,关键是用什么去爱,怎样去爱,如果贪用国家资财玩弄女性,利用权势、拿着贪污腐败得来的钱财到秦淮河吃喝玩乐,爱就变质了,最后反而让美丽的女人和秦淮河来承担罪名,真是罪过。

通常认为，一座城市是否宜于建都，主要看它有无霸气，也就是王气。南京龙蟠虎踞，是有王者气的；传说秦始皇为断金陵龙脉，凿山断垅，引淮水（秦淮河原名“小江”、“淮水”）入长江，淮水因此成了秦淮河，南京也就从此损了王气。不过，以现代政治理念而言，“霸气”、“王气”恰是反政治民主的，生活化、艺术化的秦淮成为政治风向标，也从客观上说明了这一点。曾国藩明白此理，破太平天国后，在因连年战争而破败不堪的秦淮河上大做文章，为摇摇欲坠的清王朝制造虚假繁荣，枉费了一番心思，紫禁城照样成了废都。我想，一座性格平和质朴、崇尚艺术的城市倘能建都长久，倒是可以从一个侧面说明政治的进步。

回想朱偰

北京、南京，南、北二京，中华人民共和国建国之初，这两座城池历经磨难，劫后余生，保留下了当时世界上规模最大的两座皇城，四周城墙围绕，逶迤不断。但历史的诡异之处在于：随着和平年代的到来，拆除战争中被保留下来的古城墙却被提上了议事日程。为了保护古城墙，北京的梁思成曾数次流下了眼泪；南京的朱偰多方奔走呼号，最终丢了性命。这两位的本职是学者，梁是建筑学家，朱是经济学家兼文物学家；两位也都出身文化世家，梁的父亲是大名鼎鼎的梁启超，朱的父亲是著名历史学家朱希祖。他们本人也都曾由士而仕，朱曾是“前朝”的财政部关务署署长，建国后任江苏省文化局的副局长；梁的官比较大——北京市的副市长。梁思成的事情被大家说来说去，几乎是人尽皆知，而朱偰的事迹却是知者寥寥。

1907年，朱偰生于浙江海盐，为朱希祖长子。朱希祖曾任北京大学史学系主任，并曾兼任多所名校史学教授，朱自清、茅盾、顾颉刚、傅斯年、范文澜等都出自其门下。1912年，5岁的朱偰随父迁居北京，幼承家训，打下了坚实的传统文化基础，并对历史文化产生了浓厚的兴趣。1923年考取北大预科，1925年入本科读政治学。1929年毕业赴柏林大学攻读经济，兼修历史、哲学。1932年，朱偰获经济学博士学位后回国，任南京国立中央大学经济系教授，兼国立编译馆编审；次年任系主任，时年刚过25岁。不久，父亲朱希祖也受邀执教中央大学，任历史系主任。由此父子得以在南京团聚，同为中央大学名教授，同为系主任，称誉一时。

中国的知识分子从来都不是纯粹追求学问的学者，“穷则独善其身，达则兼济天下”，事实上，无论是“穷”还是“达”，他们都无法忘怀于天下，家与国同在心中。在中央大学，朱偰除了讲授财政学、世界经济、经济名著选读等课程外，还就当时的现实问题做了不少专题讲座，比如国家关税自主、废银元改纸币制、反洋货倾销等等，并在报刊发表论文，产生了很大的影响，中大经济系也是声名远播。抗战前在南京这近六年相对稳定的时光里，朱偰不仅教书育人，还出版了经济财政专著《中国财政问题第一编——财政史的研究》《中国财政问题第二编——中国租税问题》。朱偰在第二本书中列举三十六条建议，建议当局改革租税体制，整顿复兴国民经济。书里还有一段他特意补加的强调的话，从中可以窥见一个中国知识分子特有的忧国忧民的情怀：“关于本书之立场亦有数语附带说明。本书纯以国民经济为立场；其讨论租税问题，纯以减轻小民负担，改善平民生计，减轻工商业成本，使国民经济得以复苏为依归。盖‘百姓足，君孰与不足；百姓不足，君孰与足’？固百世不磨之至理也。故本书一方面既不偏袒政府，为之文过饰非，如官方种种报告所为，他方面亦绝不偏任何特殊阶级之利益，为之辩护。此固学术界应有之立场；学术界自应有其特立独行、济世救民、不偏不倚之精神。学术著作之可贵端在乎此。作者处世超然，无私人利害关系杂乎其间，既不闻风附和，人云亦云，亦不附权势，欺人欺己。所不能已于言者，社会经济日趋危迫，民生日趋艰窘，欲以其一得之愚，贡献于社会，苟有济世利民之政府，体而行之，则实行固不必自我。此作者于本编脱稿之余，蒿目时艰，所馨香而祷祝者也。”为国为民计，摈除其他得失，这样的思考与忧虑，与他从事南京文物的考察研究的心绪本质上是一致的。他对国民政府保护文物不力批评尤多，见于多种著作、文章。1937年春，他受聘兼任财政部所得税事务处研究室主任，应邀为财政当局草拟战时财政计划。1938年12月4日在重庆的中国经济学年会上发表演说，力主维持法币，稳定汇价，以安定金融，加强抗战力量。财政部长孔祥熙会后即派员邀聘他为财政部兼任秘书，后改任新设的专卖事业司司长。抗战胜利后曾作为中国政府代表去越南接受日本投降。

如今，朱偰作为经济学家的身影已经淡去了，历史学家、文物学家，甚至公共知识分子的身份越来越凸显。随着中华书局再版他的《金陵古迹名胜影集》《金陵古迹图考》《建康兰陵六朝陵墓图考》等三部著作（商务印书馆初版于1936年），以及这三部著作不断被引用，不少南京人已经开始询问、熟悉“朱偰”这个名字。

南京并不是朱氏父子的故乡，二十世纪三十年代，朱家将家安在了新首都南京，并且爱上了这个古老而又年轻的城市，因此朱偰对南京的感情与梁思成对故乡北京的感情并不相同。朱偰对首都南京的情感是基于理性认识的爱，也是人与城市精神契合的灵性之爱。朱偰在《金陵古迹图考》自序中对南京的评价理智而热情，在比较了中国四大古都长安、洛阳、金陵、北京之后，他说：“此四都之中，文学之昌盛，人物之俊彦，山川之灵秀，气象之宏伟，以及与民族患难相共，休戚相关之密切，尤以金陵为最。”

爱必然产生担心，担心所爱之物被破坏，担心失去。朱希祖先生给儿子的著作《金陵古迹图考》所作的序中列举了南京文物古迹历史上的几次劫难：“金陵古迹，日就摧残，近代以来，凡有四次。洪武缔造京城，六朝古碑，改砌街道；洪杨草创宫室，四郊古墓寺院，碑碣坊表，运载俄空；端方总督两江，金陵古代金石，半归私室；近岁国度南迁，公私营造，毁弃尤多。夫古迹者，国家历史所寄，民族精神所系，苟非大不得已，必当百计保存。”朱偰也在此书的自序结尾感叹：“余深惧南都遗迹，湮没无闻，后世之考古者，无从研求，故就三四年来考察所见，遗迹之犹幸保存者，摄为照片，辑为图考，以保留历史遗迹于万一。读者于十余年后，莅临首都。读此书而阅此图，我知其当有不胜今昔之感者矣。”父子俩对待文物的理智与情感天然一致。

朱氏父子对南京历史文化的热切关注、考察研究和为保护文物的奔走呼吁，源自于他们文化传承的历史责任感，以及作为一个文化人骨子里对文化的热爱。文物保护其实并不在朱偰的公务范围，也没有人给他提供经费、发放工资，但他利用节假余暇从事的文物考察工作却是专业的、严谨的，如今的事实证明他的考察研究成果是传之后世、功德无量的。他的《金陵古迹名胜影集》《金陵古迹图考》等那四部书耗费了他三年的心血，实地考证，参诸典籍，纠正旧说谬误，摄影两千余幅，足迹遍及南京及四郊丹阳、当涂、湖熟、浦镇等处。他是近代以来对南京文物用心最深、保护最力的学者。

从1932年至1937年，朱偰在南京结婚生女，大家庭三代同堂，其天伦之乐，在世事日艰的情况下显得特别珍贵。朱偰的《金陵古迹图考》初版之时，其父朱希祖为之作序。观其序，其中既有父子之情，更主要的是两个独立学者之间的对话与交流，既有激赏，也有商榷。情与理在这里水乳交融，人间之大美，人间之至情，不过如此。可是，人生不如意事十之八九，父亲朱希祖抗战期间病逝于重庆，留下长子朱偰遭受人间精神与肉体的磨难。我之愿意撰写此文，除了呼唤朱偰的精神外，也是为了伤悼这种人间美好境界的不断被毁灭，伤悼时代的滚滚车轮对生命个体的碾压。

1949年，朱偰决然留在了大陆，中央大学改为南京大学后，他就专心在南大教书，业余时间继续他的南京文物考察研究。“改朝换代”造成的时代气氛变化，像朱偰这样的“前朝”之人想必是深有体会的。1951年9月23日，刘伯承（时任中国人民解放军军事学院院长、政委）、陈毅（时任华东军区司令员）两位将军通过南京市委找到了朱偰。见面时，刘伯承高兴地对朱偰说："昔日在延安读你书（按：指《金陵古迹图考》）时，很想与作者一见。可那时我在解放区，先生在国民党统治区。今日书与作者俱在面前，可谓如愿如偿。"刘、陈两位将军还约上朱偰，一同考察清凉山新发现的陈文帝陵、莫愁湖、石头城、凤凰台吊瓦官寺遗址、南唐二陵……所有这些重点文物，都被一一编为文物保护单位，树立标志牌加以保护。新政权保护文物的措施和新政府领导人物对文物保存的重视，让朱偰感受到了暖意。

1952年高校院系调整，南京大学经济系并入复旦大学政治经济系，朱偰本来随往上海，江苏大概是出于留住人才的考虑，一纸公文将他调往江苏省人民政府参事室，后被任命为江苏省文化局副局长，保护南京和江苏的文物成为他的本职工作。这本来是件好事，却是朱偰厄运的开始。

朱偰的悲剧在中国有其必然性，他的悲剧是无数个悲剧中的一个。

朱偰的"前朝"官员身份与他仗义执言的耿直个性更是让他在劫难逃。即使没有反对拆除古城墙事件，面对种种状况，朱偰也会对其他事情表达自己的态度，正像他在国民政府时期一样。1954年6、7月间，作为省文化局的副局长，朱偰一得到有人在拆除古城墙的报告，就赶到现场了解情况，后到南京市政府要求相关负责人下令停止拆城的愚蠢行为。朱偰的努力收到一些效果，鬼脸城和中华门城堡保住了。但不久，大规模的拆城运动重新开始，朱偰心急如焚，多方奔走呼号，并在《新华日报》上发表《南京市城建部门不应该任意拆除城墙》一文，文中说："……由于南京市建设部门领导人对保护国家文物的重要意义认识不足，既未能遵照上级政府指示办事，又未经与当地文化行政部门联系，亦未经征询人民群众意见，竟擅自拆除上级指定应该保护部分的城墙……今年五月，先拆除太平门到覆舟山后一段，长几达一里……实在是不可原谅的一种粗暴行为。希望南京市人民委员会立即查明责任，加以处理，并设法制止任意利用城砖、拆除古城。有关负责部门应该立即做出检讨，并作为教训，以避免今后再有此类事件发生，致使国家文物造成不可弥补的损失。"这篇文章先后被《光明日报》《文化新闻》等转载，又被电台公开广播，影响极大。不久，中央文化部正式下令停拆南京城墙。11月，南京市城市建设局承认拆石头城、太平门段城墙是不对的，并重修石头城和太平门段城墙。12月，大规模的拆城工作终于停止了。1957年"反右"，朱偰阻止破坏、保护南京古城墙的义举变成了"借保护城墙之名，攻击中共南京市委和市政府"的反党、反社会主义"罪行"，很快朱偰被罗列罪名打成右派。

1958年1月，毛泽东在一次会议上表态："南京、济南、长沙的城墙拆了很好。"此后，南京的拆城运动又开始了，各个单位、各级学校、工矿企业都组织力量投入拆城运动，大量城砖流失，一些城砖甚至被砸碎用来铺路……与中华门同等规模的通济门城堡垒，被拆得块砖不存，水西门、太平门、草场门、水陆两座金川门也在劫难逃被拆掉。1959年春，时局稍有好转，时任南京市委书记的彭冲下令停止拆除城墙，北京城墙消失的悲剧终于没有在南京完全重演。

1961年9月，朱偰被摘掉右派帽子，调到南京图书馆工作，但对南京文物古迹的热爱与担忧一如既往。他利用工作余暇，仍跋涉奔走于南京的城市农村，访古问遗，测绘考证，绘制成《金陵古迹图》《南京近郊名胜古迹图》《明代宫城复原图》，并写出论文《从一篇新发现的明人故宫记中研究明故宫的制度和建筑》。可惜的是，这期间积累的珍贵资料在“文革”中损失大半。

1966年5月16日“文革”爆发，一场红色风暴席卷全国，遍及每一个角落。原本僻静的清溪村1号朱宅立刻成为红卫兵和“革命群众”的目标，这座花园洋房的神秘主人被周围的“革命群众”认定为“剥削工人的资本家”。“家无恒产，唯有照片和书”的朱家被多次抄家，家具财物被砸被抢，大量珍贵图书被焚烧，而“国民党特务”等一项项罪名被强加在朱偰身上；他被造反派隔离审查，横遭毒打侮辱，威逼交代罪行。耿直的朱偰认为自己一生清白，根本无罪可交代，于是干脆在发放的纸上写起了回忆录。隔离时期的具体情况已无从稽考，朱偰遗孀凌也徽女士曾在回忆文章中用了“愤怒的绝望”来形容当时的心境，蕴意深厚而精准。

阅读有关朱偰的材料，他有两段话给我留下了深刻的印象。一是1957年因反对拆南京古城墙被打成右派，他在批判会上说:“关于拆城墙,我向政府提出批评,完全是从爱护文物出发,请允许我保留意见。”二是他自杀前的绝笔:“我没有罪,你们这样迫害我,将来历史会证明你们是错误的。”从这两段话中可以深切地体会到朱偰还是一片书生情怀,他的书生本色压过了他的学者和官员身份。朱偰用生命为古都南京保留了一些极其宝贵的老城墙;比老城墙更宝贵的是朱偰的精神,是西方的科学伦理与中国传统士子的赤忱情怀结合后形成的理智与情感相平衡的气与神,那是中国现代知识分子本应有的精神。朱偰那一代留学国外的知识人,既有中国传统文化的深厚修养与士子情怀,又受西方科学民主精神的熏陶,本可以为中华民族的新生与复兴做出巨大的贡献,可生生地被时代耽误了、毁灭了。“五四”后成长起来的一大批学贯中西的学者1949年后未能在大陆尽其才,这是中国文化发展的重大损失,中国失去了一次伟大复兴的机会,令人无法不感慨唏嘘,深深惋惜!1949年后在大陆政治、教育制度下成长起来的几代学者在文化胸襟、中西文化积累等方面根本无法望其项背,对西方文化,对中国文化,无论是说好说歹,我们这代人其实连资格都没有。

1978年,朱偰获得平反,落实政策。在其追悼会上,马寅初送来了花圈,悼念自己心爱的学生;刘海粟送来挽联“真理长存,铁骨丹心昭百世;是非论定,文章经济耀千秋”。原江苏省作家协会主席艾煊在1994年3月3日的《新华日报》上发表题为“帽子与城墙”的文章,文中写道:“错批了一个朱偰,肢解了一个世界第一大城墙。只有朱偰直接拿‘帽子’换来的这座中华门城堡，到底没有被拆被毁，今天依然巍巍耸立。覆舟山以北直到神策门，那条玄武湖水边的堞影美景，依旧令人心旷神怡。若在古代，人们会把朱偰视为护城之神而去敬重他。”我特别关注的是，朱偰“倒霉”期间，是否有人为朱偰仗义执言？但我查遍我能找到的资料，未发现对此的任何记载。

前几年南京曾有新闻媒体报道，南京市民签名倡议为朱偰塑像，不知后来有没有落实。但稍有理智的人都能做出这样的判断：朱偰当初所从事的工作、他对历史文化的保护，本质上与民族的命运、与我们每个人休戚相关。朱偰的精神更值得中国人珍视。我多么想找到有力的证据证明：朱偰不是孤独的！

朱偰的女儿朱元春在纪念父亲的文章中动情地说：“我关注着故乡的每一个步履、每一处变迁、每一次进步。我希望悲剧不再重演。我希望故乡的儿女一代比一代优秀。”这也是朱偰的愿望。我最大的希望是：朱偰的精神在中国不要成为“稀有品种”。否则，悲剧还会重演。

姚鼐与南京

有学者认为，“五四”白话文运动之初，南京之所以能成为文化保守势力的据点，与桐城派在东南的持久影响力有关。作为桐城派集大成者的姚鼐（1732—1815），其主要学术活动在南京一带，并曾任钟山书院山长二十年，徒子徒孙，流风余绪，影响深远；晚清，私淑姚鼐的桐城派殿军曾国藩两次任两江总督，对南京文化的影响自然不在话下。以致到了民国初年，南京东南大学梅光迪、吴宓创办的《学衡》与中央大学柳诒徵与缪凤林（1899—1959）等创办的文史刊物成为保守派的重要阵地，与所谓新文化运动相对抗，颇有声势。

传统社会，“教化”一直为朝廷和地方士绅所重视。为方便江宁府选拔优秀学子入学读书，雍正二年（1724年），两江总督查弼纳请旨创办了钟山书院，当年雍正帝为书院亲书“敦崇实学”匾额。查弼纳任两江总督五年，倡办钟山书院称得上是最大功绩，筹创精细、设制优良、生源选优考严、师资经明行修，为东南之冠、全国楷模。雍正十一年，雍正帝又赐库银1000两修葺钟山书院。乾隆时，令效仿朱子白鹿洞书院的经制，钟山书院成为全国规模最大、影响最广的书院之一。乾隆六次南巡至江宁，每次都要来钟山书院召试士子，更使钟山书院名重一时。能任书院山长的多为一代大师。乾隆四十三年，著名学者钱大昕曾任四年山长。乾隆五十五年，姚鼐始主持钟山书院，此后，除赴安庆敬敷书院一段时间外，姚鼐一直任钟山书院山长，直到嘉庆二十年九月于书院病逝。这也是钟山书院的鼎盛时期。柳诒徵《江苏书院志初稿》赞钟山书院："省会偌大，郡多名师，其所造就，尤有可称，省会书院，首推江宁钟山。"

姚鼐，一字梦谷，室名惜抱轩，人称惜抱先生。早年随伯父姚范和刘大櫆学习经学、古文，清乾隆二十八年（1763年）中进士，选翰林院庶吉士；后授兵部主事，历任山东、湖南乡试主考官、三十六年会试主考官；累官刑部郎中、记名御史；参与纂修《四库全书》；主持梅花、紫阳、敬敷、钟山书院四十年。姚鼐是桐城派的集大成者，他的古文主张"义理（内容合理）、考据（材料确切）、词章（文辞精美），三者不可偏废"，又在学习方法上提出古文八要："所以为文者八，曰神、理、气、味、格、律、声、色。神、理、气、味者，文之精也；格、律、声、色者，文之粗也。然苟舍其粗，则精者亦胡以寓焉？"（《古文辞类纂序》）桐城派的义法论和声气论经发挥和深化，成为一套较系统的古文理论。他还总结文章的阳刚、阴柔两大类风格，认为两种都是文章所需要的，不能偏废。其散文简洁清淡，纡徐要妙，雍容和易，一如其人。其诗有清拨淡远之致，尤工近体。著有《惜抱轩全集》八十八卷，包括文集和诗集，又有《法贴题跋》《左传补注》《国语补注》《公羊传补注》《谷梁传补注》《九经说》《老子章义》《庄子章义》等。选编古文辞赋集《古文辞类纂》七十五卷及《五七言今体诗钞》十八卷。姚鼐编选的《古文辞类纂》流传尤广，影响极大，几乎是当时读书人的必读书，也是古文写作的圭臬。

姚鼐在主讲南京钟山书院时，其文格、人格已誉满天下，一时四海学人蜂拥钟山书院，以受业于姚鼐为荣幸，有的不远千里归附从学，“四方贤俊，自达官以至学人士，遇先生所在必求见焉”，是为当时南京文坛的盛况。姚鼐主讲钟山书院之时的为人行状，其时南京的文史大家甘熙在《白下琐言》中多有记述：“姚惜抱先生主讲钟山书院，先后二十余年，历时最久，教泽及人为最深。祺仁伯兄从游学诗，先生诱掖奖借，谓五律似钱刘，将来必成家数。新城陈硕士侍郎未达时，千里就业古文辞，得其心法。道光乙酉典试，江南撤棘后，亲诣书院设奠，痛哭不已。休宁陈君仰韩暨胡心斋师，皆旧时同门老友。并躬自延访，赠书笔。”中国古代文人士子特别强调为人与为文的统一，因此他们的影响力就不仅来自文章学术，甚至更重要的是因其为人。“姚惜抱先生当疾革时，遗书示子云：‘人生必死，吾年八十有五，死何憾哉！吾棺不得过七十金，帛不过十六斤，凡亲友来助丧事者，便饭而已，不得用鼓乐，诸事称此。汝兄弟不得以财帛之事而生芥蒂，勿忘孝友。’”姚鼐在世时常常自掏腰包接济穷人，以致自己家无余资。此遗嘱亦可见其人品标格。甘熙以洁白如玉的灵芝喻其高风亮节："芝为灵草，生必有瑞，而亦不尽然。嘉庆乙亥夏，钟山书院讲堂前，冬青树上产一枝，洁白如玉。是冬姚惜抱先生卒。"钟山书院在姚鼐主持的二十多年间，是南京文化界的精神中心，南京的读书人围绕这个中心，仰望这座高峰，形成了当时南京的文化社群。

姚鼐虽秉持自己的文学主张，德高望重，但并不摈斥异己。作为经学大师的姚鼐与当时作为南京风雅盟主的性灵派大师袁枚诗文见解并不相同，学术观点相异，但却也能互相赏识。袁枚逝后，姚鼐亲自为其撰写了《袁随园君墓志铭并序》。主持钟山书院期间，嘉庆十五年（1810年），姚鼐与同科举人，也是大名鼎鼎的性灵派大师赵翼重赴江宁鹿鸣宴，庆贺中举六十周年，传为一时佳话。从这两件事也可以看出，桐城派，特别是姚鼐的声誉是靠自身的品格和质量建立起来的，其"立"并非以"破"为基础。

姚鼐主持钟山书院之初，已年届古稀，却仍创作不止。嘉庆十一年，《惜抱轩诗文集》二十六卷在广东粤秀书院付重刻，姚鼐直到去世前都还有文章问世，留下了大量优秀古文。

任钟山书院山长期间，姚鼐还主持撰修了《江宁府志》，功不可没。南京为六朝都会，文化灿烂，名人辈出，《江宁府志》自康熙七年陈开虞修订之后，历时140年未能重修。百年间，人物风情发生极大的变化，亟须重新编修府志。嘉庆十六年，江宁知府吕燕昭开馆延士，重新修《江宁府志》，并请当时已年届八旬的姚鼐负责总修。姚鼎等人广搜博访，将所得资料"缺者补之，讹者正之，谬者削之”，经过七个多月的艰苦劳动，最终成书五十六卷。

姚鼐主讲钟山书院的二十多年中，最重要的成就是培养了大批学人，以方东树、梅曾亮、管同、姚莹最为著名，后世称为“姚门四杰”。梅曾亮（1786—1856），字伯言，江苏上元（今南京）人，道光进士，官户部郎中。管同（1780—1831）字异之，江苏上元人，道光举人。姚莹（1785—1853），字石甫，号明叔，晚号展和，桐城人，系姚侄孙，嘉庆进士，历官知县、道台、按察使等。方东树（1772—1851），字植之，桐城人，诸生。“姚门四杰”中，有两人就是上元（南京）本地人，另两人祖籍虽是桐城，但也是在南京受业于姚。“姚门四杰”不仅笃守师说，继承桐城文派关于义理、考据、辞章三者相济的精髓，而且对桐城文派的发展和传播都起了很大作用。特别是姚莹，尊崇理学，恪守气节，鸦片战争中在台湾道台任上坚持抗英，战功显赫。他有关台湾战事的散文刚健雄直，长于记述和议论，爱国之情溢于言表，代表着当时有正义感的知识分子的精神面貌，更为人们所称道。抗英名将、南京人邓廷桢也是姚鼐主讲钟山书院时的高足，其时姚鼐已经是八十老翁了。

桐城派是我国清代文坛最大的散文流派，影响深远，时间上从康熙时一直绵延至清末，地域上也超越桐城，遍及国内。主要人物除戴名世、方苞、刘大櫆、姚鼐之外，还有方氏门人雷铉、沈彤、王又朴、沈庭芳、王兆符、陈大受、李学裕，刘大櫆门人钱鲁斯、王灼、吴定、程晋芳等，姚鼐门人管同、梅曾亮、方东树、姚莹等。追随梅曾亮的还有朱琦、龙启瑞、陈学受、吴嘉宾、邓显鹤、孙鼎臣、鲁一同、邵懿辰等。道光咸丰年间，曾国藩鼓吹中兴桐城派但又以“桐城诸老，气清体洁”，“雄奇瑰玮之境尚少”为由，欲兼以“汉赋之气运之”（吴汝纶《与姚仲实》，承其源而稍异其流，别称“湘乡派”。

新势力的兴起，必然选择旧势力的代表予以重点打击，要“重来”要先有“推倒”，“五四”新学术势力的兴起，也正是选择“桐城派”古文作为重点“推倒”的对象，所谓“桐城谬种，选学妖孽”。李祥、黄侃是选学大师，都曾在南京任教；1926年秋，桐城派后期巨子姚永朴（“姚门四杰”姚莹之孙，在南京期间著有《惜抱轩诗训纂》等众多著作，不乐仕进，耽心教育，时人说他“而义法谨严之中，饶有渊懿冲淡之致”，大有乃祖姚鼐之风）也至南京教书，“妖孽”和“谬种”因此齐聚南京，成为“保守派”的大本营。

所谓“保守”，所谓“西化”，《文选》与桐城，远没有那么简单易辨。首先，二十世纪初，桐城派到其末流，某种程度上确已经成为思想的桎梏与时代前进的阻碍。但是，不能因此就完全否定桐城派的全部，正如梁启超在《清代学术概论》中说“不能以其末流之堕落，归咎于作始”。

兴盛时期的桐城派所“载”之“道”，不能也无法全盘否定和肯定，一板子一斧头拍杀。所谓的传统文化，正如朱维铮所说，好比人体的免疫机制，在正常的情况下，可以抵御病毒的入侵。中国几次到了亡国的边缘，但始终能抵御外侮，赶走侵略者，很大程度上是得利于文化传统的正面作用。南京作为做了十几次首都的“废都”，不仅文化底蕴深厚，而且保持着创造的活力，也与包括姚鼐在内的传统文化传承紧密相关。姚鼐所提倡的“义理”，确有其合理成分，只是客观上适应清朝统治者提倡程朱理学的需要；“义法”理论，也能为“制举之文”所利用，故得以长盛不衰。姚鼐等桐城派大家的古文理论和实践，也有力矫正了明末清初“辞繁而芜，句佻且稚”（方苞《书柳文后》）的文风，在促进散文的发展方面也起了一定的作用。“文”从来就不是纯粹的文，里面几乎藏蕴了中国人的一切，文格即人格，文化大家如姚鼐的人格魅力，一直是约束人、引导人的明灯。传统文化将人生修养提高到无以复加的高度，某种程度上忽视了制度的更新与建设。

传统文化，包括桐城派的古文理论，在其病态的情况下，特别是在其晚期，确也能成为抵制健康血液输入或健康器官移植的阻力，体现于闭关锁国，以道德建设代替其他。更主要的是，它可能为反动保守势力所利用。辛亥革命后，袁世凯恢复尊孔读经，南京倡行最力，复辟派主将张勋的辫子军的根据地也是南京。被既得利益的守旧势力利用的传统文化当然已经是变了味的传统文化。

新文化运动兴起以后，对所谓新文化，特别是“全盘西化”攻击最力的是南京的《学衡》。这某种程度上也是姚鼐等留下的血脉。随着这两年姚鼐在南京的故居的发现和保护，南京开始怀念这位留下传统文化血脉、对南京人文贡献良多的大师。

新大陆：南京与周氏兄弟

鲁迅对曾经居住的城市，很少表达赞许与留恋之意。绍兴是他的故乡，却是令人压抑并想逃离的；有人问他籍贯，他只说是浙江，不肯说出他的故乡绍兴。北京是他人生的大舞台，但在他的笔下却是色调灰暗；而对最后的居住地上海，他也没什么赞许的话。比较而言，南京反而有着一抹亮色，青春加求学，迷茫苦闷之中也有着别一样的朝气，南京后来也一再在鲁迅的作品中出现。而周作人，在南京读了将近六年书，在此打下了他一生的人文基础，建立起了他基本的人格结构。南京对于鲁迅、周作人兄弟，着实具有某种人生新大陆的意义。

到南京求学，他们兄弟俩第一次真正离开故乡。自南京，他们以别一样的心情回望故乡：由南京，他们走向更远的新大陆，南京成为旧地，他们也曾多次故地重游。因此也可以说，南京是周氏兄弟的人生中转站，兼具新与旧的意义。正如鲁迅之子周海婴《在南京鲁迅纪念馆开馆仪式上的贺辞》中所说：“南京是鲁迅走出旧式家庭的首站，更是他走向世界，日后成为中国文化巨人的起跑点。南京给了鲁迅新知识、新思想，对于成就一个‘文化鲁迅’功不可没。”捷克作曲家德沃夏克的第九交响曲名气很大，中文翻译为“自新大陆”。但它常被人误认为“致新大陆”，理解成写给美洲新大陆的赞歌，“自”与“致”，反了。德沃夏克创作第九交响曲，恰恰是要表达身在新大陆美国的他，对旧大陆故乡捷克的思念之情。对南京新大陆，周氏兄弟既有“自新大陆”也有“致新大陆”。有心人通过“鲁迅著作全编检索系统”查询，在“鲁迅全集”中提到“南京”的有85篇126处，提到“金陵”的有11篇21处，提到“浦口”的有8篇12处。鲁迅的写作，自觉不自觉地常常离不开南京，是“致新大陆”。在南京，鲁迅才第一次有了对故乡的怀念，写下一些回忆故乡的诗词文章，那是他文字生涯的开始，也是“自新大陆”。相较于鲁迅，周作人更多地“致新大陆”，特别是他晚年的回忆文章。

世纪之交的绍兴，虽然只是一个闭塞的小城，但中国甚至世界的变化，读书人也已能感觉些许。《格致汇编》《点石斋画报》《知新报》等新书刊，周氏兄弟偶尔能读到。新的思想和信息反衬了绍兴的憋闷气氛。家道中落，父亲已经去世，祖父因科场舞弊案在杭州坐牢，青春期的他们更加向往外面的世界。选择到南京，当然有具体的原因，主要是经济原因。江南水师学堂是官办军校，不仅免学费，而且另有生活补贴；有叔祖在那儿任监督，可以引荐、照顾。鲁迅先到南京入学，周作人还多一个原因：大哥已经在那里！加之后来祖父出狱回来了，祖父所有的“苛责执拗”都落在他一个人头上，逼着周作人逃往南京。瞿秋白的第二任夫人杨之华（文君）回忆说，鲁迅曾私下告诉她：“我18岁那年，抱着建设中国海军的愿望，考入了南京水师学堂。那时英美各国都用海军侵略着中国。目睹这些，我的青春的热血就激起了海军热。可是半年后，我就退出了水师学堂，转入了矿路学堂。当时我想，国家的当务之急，首先是开发矿业，而不是建设海军。”（文君《回忆敬爱的导师——鲁迅先生》，《鲁迅研究资料》第8辑）但鲁迅自己的文章、日记、书信中，从未这样“高调”地谈起这样的“理想”，杨之华所记也不像鲁迅的腔调，我总怀疑它的真实性。鲁迅、周作人选择到南京读书的原因，兄弟俩都有明确的表达，最主要就是因为穷。

鲁迅兄弟到南京求学前后，外面的世界确有不少惊天动地的事情发生。内忧外患，新旧交替，李鸿章谓之为三千年未有之大变局。1894年中日战争，中国大败，自此维新变法运动兴起。据不完全统计，三年中成立的学堂、学会、报馆就有三百多家，主要分布在江苏、湖南、广东等地，南京的江南水师学堂、江南陆师学堂就是这个时期创立起来的。但维新运动不久夭折，给年轻人造成新一轮打击。1897年，严复翻译了英国生物学家赫胥黎的《天演论》，1897年12月在天津出版的《国闻汇编》刊出，“物竞天择，适者生存，弱肉强食”的观念逐渐深入知识分子内心，成为改革的理论先决。同年，谭嗣同在南京任候补知府时写下了著名的《仁学》。义和团运动蔓延，八国联军侵华，张之洞等与帝国主义签订“东南互保”条约，既保护了帝国主义的在华利益，也为东南地区赢得了暂时的相对安宁。不久，李鸿章代表清政府与西方列强签下丧权辱国的《辛丑条约》。家忧国恨，内忧外患交织，希望与失望交替，青年要寻找别一样的世界、别一样的人们。

对于周氏兄弟来说，离得最近的“新世界”当属南京。十九、二十世纪之交的南京，称得上是中国东南的首善之区。社会层面新的气象，人们确也能时时感觉到。世界上从来也不曾出现过一个全新社会，旧与新总是在此消彼长中逐渐变化。对于东南一带走投无路的年轻学子，“新大陆”南京具有超强的吸引力。十九世纪末，德国上尉工程军官罗伯特·骆博凯应两江总督张之洞之邀来中国考察南京至扬子江入海口的江防要塞。后因张之洞调任湖广总督，刘坤一任两江总督，骆博凯的任务变成协助刘坤一管理江南陆师学堂，并任陆师学堂总教习。骆博凯1895年9月来南京，1900年5月回国，在南京工作了四年半时间，不知有没有给其时在陆师附属矿路学堂读书的鲁迅上过课。其间，骆博凯给德国的亲朋好友写了近六百封信，直接与南京有关的一百多封，前些年辑为《十九世纪末南京风情录》，由南京出版社出版。在骆博凯的笔下，南京无疑是中国最古老的城市之一，此时已经从太平天国运动的浩劫中恢复了些元气。滔滔的扬子江比德国的母亲河宽一倍多。中华美食、南京人的宽容大度、中国商人的诚信可靠给他留下了深刻印象。西方教会已早早在南京建立新式学校、医院，西方文化已实实在在进入南京社会的多个层面。曾国藩、李鸿章、刘坤一等洋务派大员曾长期担任两江总督，在南京创立了一批新的事业，引进了不少西方技术和人才。但对于官场腐朽、乡村衰败、鸦片流行、女人裹脚、不分餐等落后的状况，骆博凯在他写给故乡的信中也有客观的表述。总之，南京在世纪之交早早地成为一座新旧交替的城市。因为新得早，人们更对它有着新的期待；但旧的不可能马上被汰洗干净，所以也是最早让青年感觉失望的城市之一。

周家兄弟就先后来了南京。那时还是走水路，周作人经过上海，上岸看到租界写着“犬与华人不准入”的牌子（周作人《公园之情感》），大受震动，这也是对这句极大刺激了中国人的话最早的文字记载。船到了南京下关码头，离他们要去的学堂就近了。“一进仪凤门，便可以看见它那二十丈高的桅杆和不知多高的烟通。”（鲁迅《琐记》）那里就是江南水师学堂了。据可靠记载，鲁迅的行李只有一个网篮和一个铺盖卷，还有母亲给他的八元川资（路费）。

被鲁迅批评并选择退学的江南水师学堂倒也不是乏善可陈。江南水师学堂选择在南京建校，有主事者的考虑。1892年的《格致汇编》上是这样解释的：“江宁为南洋适中之地，制宪近在咫尺，易于督办责成。又地处僻静，宜于力读，景无繁华，不致分心。”这里把“制宪”作为办学的有利条件，观点独特。任何事业都离不开“督办责成”，政治制度对于包括办学在内的社会各个层面其实都至关重要。江苏省咨议局到1909年才正式成立，确也给社会带来了新的气象、新的希望，首任议长是清末状元、实业家张謇。江南水师学堂又称南洋水师学堂、江宁水师学堂，旧址位于今南京市鼓楼区下关中山北路346号。学堂始建于清光绪十六年(1890年)，《清史稿·兵七》记载："八月，北洋设水师学堂于刘公岛，南洋设水师学堂于南京。"这两所学堂同时创立，是清政府在洋务运动中开办较早的军事学校。当时《万国公报》上发布的《江南水师学堂简明章程》规定，江南水师学堂入学考试，英文、翻译、地理、算学等是必考项目，显然大异于传统的士子学问。鲁迅也承认："在这学堂里，我才知道世上还有所谓格致，算学，地理，历史，绘图和体操。"(鲁迅《呐喊》自序)对于一个从小城绍兴旧式家庭走出的青年来说，这一切都是全新的。学堂制度又分驾驶、管轮两科，每科又分头、二、三班，每班派一教员专课。课程分堂课、船课，课堂教学与实践教学相结合。学生入学后先入三班，完成英语等基础课程的学习，升入头班后才能进入专业知识学习阶段，因此有让鲁迅反感的"等级"。驾驶科学员要学几何、代数、三角、中西海道星辰部位、升桅帆缆、划船泅水、枪炮步伐、水电鱼雷、重学、微积、驾驶、御风测量、绘图诸法、轮机理要、格致、化学等学科，课业丰富，学科分工细致，专业突出。管轮科学员要学气学、力学、水学、火学、轮机理法、推算绘图诸法。学堂有汉文教习6人，为学生讲授《春秋左传》《战国策》《孙武兵法》《读史兵略》等传统文化内容，显示不忘国统，其中的兵法，倒也是专业对口。学员除了知识学习外，还有技能培训和实习，由海军提镇率学生乘训练船下外洋操练，途中对学生进行考核，分记等第。学常原定学生为120名,后因实习船只、设备无法满足需要,首批实招80名,且逐年递减招生名额。直至1899年,两江总督刘坤一遵旨规复原定名额,并添设“寰泰”练船一艘,方便学生出海实习“水师”。学堂毕业生或送往日本留学,或往英国军舰实习。不可否认,在科举还没有明确废止的年代,这样的课程设置足够新颖,已经在和国际接轨。据统计,至民国建立前,江南水师共毕业驾驶班七届107人,管轮班六届91人,鱼雷班(由江南鱼雷学堂并入)五届13人。民国元年(1912年),江南水师学堂改为南京海军军官学校,培训海军高级军官。民国十四年(1925年)江南水师学堂停办。不可否认,江南水师学堂办学三十五年,为国家培养了多方面的人才,作为培养科技、军事人才的基地,也是中国海军人才的摇篮之一。民国海军总长林建章、海军总长与代总理杜锡圭、黄花岗起义领袖赵声(鲁迅的同班同学)、海军舰队司令陈季良、海军部部长陈绍宽等人都是江南水师学堂的知名校友,或在此学习,或曾在此任教。民国十七年(1928年)国民政府在行政院军政部之下设立海军署,民国十八年(1929年)改为海军部,都选在江南水师学堂原址办公。

江南水师学堂作为官办新式的军事学堂,不可能马上成为一座全新的、现代化的学校。体制改革跟不上,开始的时候还是官僚加军队,军阀式管理,等级森严。传统的“读书—应举—做官”在这里变成了“读书—候补—做官”。官本位意识一时很难根除,学生不安心读书。课程新、校舍新,但观念、作风还残留着旧的痕迹。

鲁迅、周作人兄弟当年虽然对南京的某些陈腐气息多有批评，但考察南京对于二人的意义，实在没法否认南京的学习生活对他们人生的重要影响。江南水师以及后来的陆师学堂作为新式学堂，给了厌倦科举的年轻学子以希望。周家兄弟拒绝了没落读书家庭子弟通常选择的两条道路——经商或者做师爷，而选择新式学堂读书。先一年，祖父已把自己小儿子伯升送到了江南水师学堂。而更重要的原因是鲁迅的一位叔祖周椒生是江南水师学堂的监督。鲁迅1898年考入江南水师学堂，是年他17岁。“我要到N进K学堂去了，仿佛是想走异陆路，逃异地，去寻求别样的人们。”(《呐喊》自序)当年的5月7日，鲁迅带着简单的行李到达南京，1898年10月转入江南陆师学堂附属的矿路学堂，至1902年2月毕业，获得公费留学的资格到日本留学。1910年9月率领绍兴府中学堂的师生到南京参观南洋劝业会；1912年2月至5月应聘中华民国南京临时政府教育部。鲁迅在南京前后度过了近五年的时光。

旧时代，名字是父母和家族所给定，因此改名是人生大事。刚到南京，传统古板的叔祖认为族中子弟进学堂当兵并非光彩之事，至少不要以族谱中的名字出现，遂将鲁迅本名周樟寿改为周树人。这位叔祖椒生，虽是新式学堂的监督，却是一位道学家，他看到周作人写给鲁迅的信，只以公元纪年，便骂“无父无君”。但时代确乎变了，他的责骂已起不了多大作用，对年轻人更是没了实际的约束力。印章虽是传统的东西，但铭文可以是新的。在南京，鲁迅后来刻有多枚印章，已知最早的是“戎马书生”石章，现藏于北京鲁迅博物馆。军校学生，可不就是“戎马书生”？另有“文章误我”“戛剑生”等，大意是从前读古书作古文，耽误了自我，如今要做一个仗剑的斗士。其名号已现战士的姿态。

鲁迅在南京还做过两件事。1899年1月，入学不久的鲁迅在江南水师学堂手抄了一份祖父在杭州狱中写下的《恒训》加以珍藏，手稿字迹工整，静力而秀美。此件现存于北京图书馆。祖父总结家族兴亡以及自己的经历，写下告诫后人的人生信条。鲁迅一笔一画手抄下来，是向传统寻求力量，同时也是告别传统的一种方式。1914年，已经离开南京的鲁迅，选择南京著名的金陵刻经处为母亲捐刻《百喻经》，并亲自勘校，后来金陵刻经处发行的《百喻经》就是经过鲁迅勘校的本子。这两件事之于鲁迅，也是另外意义上的“自新大陆”。他是向一个时代告别，向自己的家族告别。故乡、旧大陆将成为永远的回忆。

初始的文字表达是因为别离（也是传统文学题材），周氏兄弟的文字学步用的还是旧体。刚到南京，鲁迅不免常常想念故乡，表达这样的情感，作为传统文体的诗词比较适合。他在三味书屋时代应该已经接受过格律诗写作技巧的训练。如《别诸弟三首（庚子二月）》其一：“谋生无奈日奔驰，有弟偏教各别离。最是令人凄绝处，孤檠长夜雨来时。”其二：“还家未久又离家，日暮新愁分外加。夹道万株杨柳树，望中都化断肠花。”其三：“从来一别又经年，万里长风送客船。我有一言应记取，文章得失不由天。”这是鲁迅的“自新大陆”。来南京之前，鲁迅某种程度上已经挑起了家庭的重担。祖父因科场舞弊案下狱，父亲病逝，弟弟们还小，作为长子长孙的他，身心承担可想而知。到南京上学后，他来往于绍兴、南京之间。1900年的2月，他回绍兴探亲返回南京后，想念在绍兴老家的弟弟们。作为长兄，这样的想念更多的是怜惜和担忧吧。这组诗是现存最早的鲁迅古体诗，生前未发表出版。这些诗作是当年鲁迅从南京邮寄到绍兴给周作人的，周作人是有心人，把它们记在日记里。鲁迅早期的文字，不少都是以这样的方式留存下来的。这也算是周作人客观上对兄长的某种回报、对现代文学史的特殊贡献。有异于德沃夏克，鲁迅此时在绍兴没有恋人可供思念，甚至此时还没有开始怀旧，“诸弟”是他情感的焦点。在新大陆，因为分别和距离，这样的情感变得更加强烈。加上自己对时局的忧虑、对自己未来的迷茫，文字难免带上了一抹伤感的色彩。

唱和是中国传统的文字往还和情感表达方式，新文化运动也不一定要清算它。周氏兄弟之间的抒发与“步韵”，表达、留存了最美好的兄弟情感。随着新文化运动兴起，加之后来的兄弟反目，世纪之交的兄弟唱和成为绝响。周作人的和诗作于辛丑正月二十五日（1901年3月15日），题为《送戛剑生往白，步“别诸弟三首”原韵》：“一片征帆逐雁驰，江干烟树已离离。苍茫独立增惆怅，却忆联床话雨时。小桥杨柳野人家，酒入愁肠恨转加。芍药不知离别苦，当阶犹自发春花。家食于今又一年，羡人破浪泛楼船。自惭鱼鹿终无就，欲拟灵均问昊天。”

周作人的诗表达的是离别,但更多的是自哀自怜,是大哥离开后对自己的“担忧”。

因周作人“索和”,鲁迅再作《和仲弟送别元韵并跋》:“梦魂常向故乡驰,始信人间苦别离。夜半倚床忆诸弟,残灯如豆月明时。日暮舟停老圃家,棘篱绕屋树交加。怅然回忆家乡乐,抱瓮何时共养花?春风容易送韶年,一棹烟波夜驶船。何事脊令偏傲我,时随帆顶过长天!仲弟次予去春留别元韵三章,即以送别,并索和。予每把笔,辄黯然而止。越十余日,客窗偶暇;潦草成句,即邮寄之。嗟乎!登楼陨涕,英雄未必忘家;执手消魂,兄弟竟居异地!深秋明月,照游子而更明:寒夜怨笳,遇羁人而增怨。此情此景,盖未有不悄然以悲者矣。辛丑仲春戛剑生拟删草。”

这是周氏兄弟的“自新大陆”与“致新大陆”。鲁迅、周作人兄弟的诗词唱和,可以见出他们的个性。“英雄未必忘家”、“兄弟竟居异地”,这是鲁迅的情怀与胸襟,与周作人自我情感的“斟酌”是不同的。周作人后来在南京倒是有“恋人”可供想念,那就是他在杭州侍奉祖父时见到的清波门的小姑娘阿三,虽然他也只是见过,其他什么都谈不上,到了晚年他的回忆才形成文字。在南京当时的人文环境中,周作人还不能表达这样的情感,使之成为他“自新大陆”的乐章和旋律。

鲁迅先是入水师学堂,后转到了江南陆师学堂附属的矿路学堂。1898年9月,鲁迅因对江南水师学堂的“乌烟瘴气”忍无可忍,遂投考江南陆师学堂附设的矿路学堂,并于光绪二十四年九月十二日（1898年10月26日）被正式录取。江南陆师学堂创校稍晚，光绪二十二年（1896年）由张之洞奏准创办于南京。在编练自强军的过程中，张之洞发现“学堂出身之人，究视未学者领会易，长进甚速，是学堂之益，确有明证”。他认为“练兵必兼练将，而练将又全赖学堂”，决定创设江南陆师学堂，以培养他所迫切需要的人才。校址选在南京城北三牌楼，离水师学堂很近。据说两校之间的小路是捷径，下雨比较泥泞。陆师总办钱德培虽是绍兴“钱店官”出身的候补道，却懂德文。后来上任的总办俞明震已是新派人物，据鲁迅回忆，此人坐在马车里看《时务报》，出的国文题已是《华盛顿论》了。鲁迅一直称其“俞师”，对这位校长抱以敬意。学校仿照德国体制，在任该校总教习的骆博凯看来，陆师已经是一座不错的学校，包括附设的矿路学堂，其实和西方当时的同类学校差距并不大。1900年，德国亲王亨利、英国议绅贝福、美国使臣康贝，赴江南陆师学堂阅操，很是赞许。鲁迅在江南陆师学堂附属矿路学堂度过了三年学习生活，直到光绪二十七年十二月十八日（1902年1月27日）毕业，被公派选送赴日留学。由于诸种原因，无论是此前在江南水师学堂，还是此后在日本仙台的医学专门学校，鲁迅都没能完成自己的学业，拿到毕业证书。终其一生，只有在江南陆师学堂附设的矿路学堂，鲁迅完整地、顺利地完成了三年的学业，并因学业优异，高规格获得了两江总督刘坤一颁发的毕业文凭。鲁迅在一次演讲中这样说：“诸君的所以来邀我，大约是因为我曾经做过几篇小说，是文学家，要从我这里听文学。其实我并不是的，并不懂什么。我首先正经学习的是开矿，叫我讲掘煤，也许比讲文学要好一些。”（《革命时代的文学——四月八日在黄埔军官学校演讲》）可见他对这段学业的认可。原来，鲁迅首先是一个优秀的工科生。鲁迅在南京读书期间，留下了几件东西，都与他在矿路学堂的学业有关，后来大多成为国家一级文物。其中保存下来的讲义六种:《开方》《开方提要》《八线》《几何学》《水学入门》《地质学笔记》，都是鲁迅在矿路学堂读书期间所做的课堂笔记，原迹现藏于全国各地的鲁迅纪念馆。从鲁迅一丝不苟的笔录可见鲁迅是一个勤奋刻苦的学子。鲁迅用从绍兴带来的“金不换”毛笔书写最西方、最前沿的科学问题，促成了传统与现代、东方与西方的奇妙组合。所谓新与旧、西与东相遇，还没来得及融合，所以驳杂相间，这是那个大时代的氛围和特点。后来周作人从南京到北京练兵处参加出国考试，见到戴着蓝顶花翎说英语的监考老师，虽觉得很特别，但也可见那时新与旧、东与西的混搭是很常见的现象。

张协和是鲁迅矿路学堂的同学，后来与鲁迅一起留学日本，回国后同在浙江两级师范学堂任教，辛亥革命之后同在北京教育部任职。鲁迅离开北京后，两人仍时有往来。他们称得上是老同学、老同事、老朋友。鲁迅去世后，张协和与周作人也有往还。1956年10月19日的《新华日报》刊发张协和纪念鲁迅的文章《忆鲁迅在南京矿路学堂》，其记述应该比较客观可信：

鲁迅在学堂时，年虽最幼，但已表现出他过人的聪慧和高贵的品质了……而鲁迅下课后从不复习课业，终日阅读小说（笔记小说、《西厢记》等），过目不忘，对《红楼梦》几能背诵。由于他的聪慧过人，所以在考试时，总是他第一个交卷出场，而考的成绩又是名列前茅。当时学堂规定每星期只作文一次，凡获得第一名者赏三等银牌一个，每月月考一次，名列第一名者，赏三等银牌一个。四个三等银牌换一个二等银牌，四个二等银牌换一个三等金牌。同学中独有鲁迅换得金牌，这可见鲁迅获得银牌之多和成绩之优良了。

鲁迅成绩虽优良，但从未表现骄傲自满和唯我独尊，相反的却异常谦虚和蔼，对友人能和睦相处，但对言行虚伪、巧言令色和自高自大的人则深恶痛疾，视之如敌。这一高贵品质贯穿了他的整个一生。

鲁迅平日生活简朴，从不讲究衣着，课余之暇，喜欢作骑马之戏，曾因跑马跌伤一次，但他并未因此而惧怕骑马，相反为了学会跑马，马骑得更勤了。这表现出鲁迅为了学会一件东西，刻苦学习，不畏困难的性格。

这是对南京鲁迅比较全面的认识与介绍。鲁迅后来以一等第三名的优异成绩从矿路学堂毕业，与其他四名同学获得官费留学日本的资格，可见鲁迅学业堪称优秀。而当时矿路学堂总办俞明震的外甥、湖南巡抚陈宝箴的孙子、“清末四公子”之一陈三立的儿子陈师曾也只能以自费的形式随他的舅舅一起往日本留学，与鲁迅同学。骑马之事见之于不同人的记述，虽然侧重点不同，但一定确有其事。周作人曾专门提到："鲁迅和几个同学可能受了陆师的影响，却喜欢骑马，有一回他从马上摔下来，碰断了一个门牙。他们又常跑马到明故宫一带去。那时明故宫是满洲人驻防兵的住所，虽然在太平天国之后，气焰已经下去了不少，但是还存在着很大的歧视，至少汉族人骑马到那里去是很不平安，要遇着叫骂投石的。鲁迅他们冒了这个危险去访问明故宫，一部分也由于少年血气之勇，但大部分则出于民族思想，与革命精神的养成是很有关系的。"（周启明《鲁迅在南京学堂》）除了学习外，鲁迅在南京的生活还是比较丰富的。但相对贫穷也是事实。鲁迅后来跟好几个人说起他在南京通过吃辣椒御寒或者由此获得饱腹感，并怀疑是过食辣椒引起他的胃病。辣椒与胃病之间的关联并未得到确证，但鲁迅自童年之后相当长时间内缺衣少食大概是实情。应该说，离开大家庭开始独立生活的鲁迅，其性格在南京得到了充分的磨砺。

关于鲁迅在南京的学业和生活，今天的我们也可以从他自己的记述和别人的回忆中获得佐证，当然以周作人的回忆、记述最多。"三年间关于开矿筑路的讲义，又加上第三年中往句容青龙山煤矿去考察一趟，给予鲁迅的利益实在不小，不过这不是技术上的事情，乃是基本的自然科学知识，外加一点《天演论》，造成他唯物思想的基础。"（周启明《在矿路学堂三年》）"鲁迅与南京的关系相当不浅，虽然他在南京只有五个年头，比起留学日本的七年来，时间要少些。"（周启明《鲁迅在南京学堂》）鲁迅的文史基础开始于绍兴，在南京延续了这方面的爱好，购买、阅读了大量的文学著作。科学方面的知识则来自南京的学堂。在南京，鲁迅不仅自己通过赫胥黎《天演论》的阅读了解吸收了进化论思想，还把它介绍给了周作人。在南京，兄弟俩购买的文史图书、林纾译的外国文学等，基本都是共享的。无论是学堂的课业还是课余阅读，学业都是全新的。南京书业发达，鲁迅当年在夫子庙书肆买了大量中外古今的图书。到北京后，他还曾写信给南京的朋友，询问夫子庙的书籍行情，请朋友代买图书。

1910年，鲁迅结束了日本留学，回到故乡绍兴，8月兼任绍兴府中学堂监学。这年的6月，首届南洋劝业会在江宁（南京）举办。这是中国首次举办的大型博览会，除蒙古、西藏、新疆外，全国 22个行省均提供了展品，另有部分外国商会、外交使节、议员参加，并设参考馆两所，专门陈列英、美、德、日四国的商品，初具世界博览会的模样。当时有人忍不住兴奋，认为这是中国五千年未有之盛举。鲁迅大概是为了让师生开阔眼界、增长知识，抑或还要加上他对南京的相对认可和往日情感，倡议把当年的秋游改为参访南洋劝业会。南京也是他的母校所在地，有他青春的时光，他已经多年没有回去过了。全校师生总共二百五十多人，最后居然有两百多人踏上赴宁参观的旅程。这些人中后来有多位写了回忆文章，所以后人才有可能了解当年的情形。访问团中不少人都是第一次见到电灯，用灯泡组成的文字和图案更是让师生们啧啧称奇。其他来自全国甚至世界各地的特产，更是让他们惊叹于世界物产、商品的异彩纷呈。鲁迅在此还遇到了同学、校友、同乡，惊喜与温馨交织。从当时人的回忆文章中可以知道，至少还有两位后来成为新文学巨子的青年也曾参观此届南洋劝业会：一位是14岁的沈雁冰（茅盾），当时他是浙江湖州中学三年级的学生；一位是16岁的叶圣陶，他是苏州草桥中学三年级的学生。两位中学生在南洋劝业会流连忘返，多年之后仍念念不忘。鲁迅当年有没有与这两位谋面，没有可靠的记载，但南京当年对年轻人的吸引力却是肯定的。“南洋”的新气象、新境界、新思想、新的工商文化，其时已逐渐超越“北洋”。

南洋劝业会会址设在江宁（南京）城北的三牌楼，紧邻江南水师学堂和矿路学堂，不知鲁迅有没有故地重游，向他的学生介绍他当年在南京求学的情形。当事人没有留下文字，后人当然只能猜想。不过，鲁迅并非在过去之中患得患失之人，没有回去也是可能的。

南京注定与鲁迅有缘。1912年元旦，南京临时政府成立，教育总长是绍兴人蔡元培，向蔡元培推荐鲁迅到教育部任职的是鲁迅的朋友许寿裳。鲁迅在南京临时政府教育部任职的情况缺乏佐证材料。鲁迅自己说：“说起民元的事来，那时确是光明得多，当时我也在南京教育部，觉得中国将来很有希望。”（1925年3月31日致许广平），虽然后来还是失望了，但毕竟曾经满怀希望过。南京作为临时政府首都，确也是新时代的起锚地。孙中山曾多次在秦淮河边对公众演讲，激发民众对新世界的向往。1912年2月，鲁迅受蔡元培之邀来教育部任职，至5月离开南京前往北京任职于北洋政府教育部。在这几个月的时间里，鲁迅除了在教育部办公外，主要时间是在南京龙蟠里的江南图书馆度过的，搜集、整理、抄校古典文献，为他后来的古籍整理打下了基础。这段生活与他在南京求学时的情形有较大差距：工作加上做学问，他没有那么多闲暇时间了，行走的路线也相对固定——从教育部所在的碑亭巷至龙蟠里，他一定往返了许多次。

据许寿裳回忆，鲁迅在教育部任职期间，曾邀他一起去南京旗人驻防营残址，回忆他在矿路学堂读书的时候与旗人赛马的事情。

对于南京的经历，鲁迅跟很多人说起过，且带着感情。“在学生时代，他最高兴回忆到的是十多岁在南京，大约那时学生的制服和警察的相仿，而又都是吃的官饷罢，每逢他们走到外面，路见不平因而出来干涉的时候，警察总是站在学生这一面的。后来见到学生请愿的时候，警察把学生当敌人一样看待，真使鲁迅感慨之至，这也是‘一代不如一代’罢！那时他最得意的是骑马，据说程度还不错，敢于和旗人子弟竞赛。”（许广平：《鲁迅的生活之一》，《关于鲁迅的生活》，北京：人民文学出版社，1954年，第1—3页）对于南京的生活，鲁迅想必多次在自己的爱人面前“津津乐道”。17岁至22岁，那是人一生中最美好的青春年华，那是在南京。他们是时代的新宠儿，而且，“警察总是站在学生这一面”。南京，站在周树人这一边。

鲁迅在三十年代初期曾多次以南京为题材创作古体诗，并书成条幅赠给友人。如《无题》:“血沃中原肥劲草,寒凝大地发春华。英雄多故谋夫病,泪洒崇陵噪暮鸦。”《无题二首》其一:“大江日夜向东流,聚义群雄又远游。六代绮罗成旧梦,石头城上月如钩。”其二:“雨花台边埋断戟,莫愁湖里余微波。所思美人不可见,归忆江天发浩歌。”《赠画师》:“风生白下千林暗,雾塞苍天百卉殚。愿乞画家新意匠,只研朱墨作春山。”怀古,古体诗可能比新诗更具韵味。这些诗承续了鲁迅作品沉郁的风格,没有个人的多愁善感和患得患失。崇陵(中山陵)、大江、石头城、雨花台、莫愁湖这些南京的风景、风物承载着鲁迅的家国沉痛,南京已经成为鲁迅生命重要的一部分。

然后,南京从新大陆变成了旧大陆。

周作人于1901年9月18日到达南京,入江南水师学堂读书。至1902年3月鲁迅离开南京去上海转往日本留学,周氏兄弟同在南京求学大半年,度过了亲密无间的时光,周作人的日记记录颇详。有意思的是,在此期间,有次兄弟俩一起回绍兴,还在别人的怂恿和母亲的要求下参加过一次县试。鲁迅回南京后,坚决不肯回去再考,后来家里居然让人替考。据周作人回忆,他俩考试的名次不高,第一名是马福田(马一浮)。周家与科举的关系,居然还有此余绪。看来,与旧世界彻底告别不是立刻可以实现的。虽然知道科举已无前途,但“跛者不忘履”,潜意识里还有着留恋。1905年,清廷官宣废停科举,一千三百多年的士子通道才最后关闭。至此,科举只能是回忆,不再是念想。即使是以传统士子学问为主业，也不一定就排外。获得第一名的马一浮，是将马克思《资本论》引进中国的第一人。

鲁迅去日本后，周作人独自在南京一直待到1906年，才又追随鲁迅的脚步到了日本。再后来，1946年5月26日，周作人作为“汉奸”到南京受审，被投入老虎桥监狱，直到1949年被保释出狱，离开南京。南京之于周作人，更具有别一样的意义，温馨与苦涩、青春与末路、盘桓与逃离兼而有之。

周氏兄弟南京同学的这半年时间，因他们所读的两所学校都在城北，离得近，学余在一起的时候多。据周作人回忆：“星期假日，学生常游之地多是下关码头（吃茶在江天阁）、鼓楼、台城、夫子庙（吃点心在得月台），后湖便难得去了。”（周启明《鲁迅在南京学堂》）鲁迅很少把自己的过去形诸文字，但周作人对他的过去那可真是津津乐道。其中最真挚的情感，无疑是对他的“大哥”鲁迅的。见到大哥时的“喜出望外”，访大哥不遇时“怏怏而返”，大哥给他送书、衣物、食品，他的“甚喜”，在周作人的日记和回忆文章中时有出现。这是兄弟之间短暂的、没有其他因素打扰的“蜜月期”。

周氏兄弟都曾到过明故宫的方正学祠，拜谒过方孝孺血迹碑，从二人记述的文字看，他们对方正学（方孝孺）这样的忠义之士也是很敬重的。那是传统的忠贞风骨，无关乎先进与落后，主要跟人格有关，而人格的力量不分中外古今。

1902年2月，鲁迅离开南京去了日本，没有了大哥的关怀和护佑，周作人要独自面对一切。鲁迅还时常写信给他，向他推荐阅读书目，介绍日本的情况。周作人如饥似渴地阅读鲁迅留下的《天演论》——这部当年对中国青年产生了巨大影响的著作，还有鲁迅推荐的他从夫子庙买来的穆勒的伦理学和自由主义学说著作。大的方面，国家已经到了亡国的边缘，时局让人，特别是知识分子和青年学子忧心如焚；小的和近的方面，周作人对于江南水师学堂的“乌烟瘴气”及种种不公，也有了切身的感受。这些都大大地激发起了周作人的革命精神。

与鲁迅相比，周作人的革命更多停留在“思想”层面，他的英雄主义、理想主义也是情绪化的。性格也相对被动，很难像鲁迅那样主动退学重新选择学校、弃医从文改变专业，更多的是被动服从命运的安排。他被外界激发起来的理想，一遇外力阻遏，常常就退回书斋去，退回内心去。熟悉周作人文风诗格的人，很难把下面这首诗与他联系起来：

> 焚书未尽秦皇死，复辟犹存哲士悲。
> 降世惟知珍腐鼠，穷经毕竟负须麋。
> 文章自古无真理，典籍于今多丐词。
> 学界茫茫谁革命，仰天长啸酒酣时。

周作人在日记中写下的这首诗是偏激的，革命居然要借助于酒在仰天长啸中进行。周作人日记中记载了他借酒浇愁的情形。这在鲁迅是很难发生的事情。但不管如何，周作人的革命热情很真实，他在南京甚至已经参加带有革命性质的聚会。但1903年10月一场持续四个月的大病终结了周作人的革命历程，人生无常的消极思想占了上风；加之幼弟夭亡，祖父去世，彻底将周作人拖离了革命的轨道。因大哥鲁迅远在日本，在祖父的葬礼上，他代鲁迅承担了重要的角色，经历了传统葬礼的繁文缛节。走过人生的生死关口，人不免产生思想上的波动，但像周作人这样快地发生重大改变的很少见。回南京后，他开始请佛经来读，与革命活动也疏远了。苦闷之中，他还曾去叩访杨仁山居士，听他传谕可修净土。（杨仁山是金陵刻经处的主人，那是鲁迅为母亲请刻《百喻经》的地方。杨仁山的墓至今仍在金陵刻经处院中。）周作人甚而开始在日记中否定曾经热衷的西方思想："近年我之思想大变。昔主强权，今主悲悯；昔主欧化，今主国粹。"新文化运动的大将们，主张西化、抛弃传统的人不少，这些人到了晚年反思过往，深感当年对传统下手太狠了。但像周作人这样快地否定自己，转向传统的人极少。

仅考察周氏兄弟在南京的经历和表现，至少可以看出这样的端倪：鲁迅是一个清醒的战士，而周作人乃是一个多愁善感的文人。他们兄弟后来人生的倾向与轨迹都可以从南京找到其肇始。对社会经验的文学表达，两者也大相径庭。据周作人日记记载，1905年，周作人在南京不止一次见到女革命家秋瑾。当年3月16日，周作人到南京大功坊参加朋友聚会，第一次见到秋瑾，并未觉得有何特别之处。其时，秋瑾从日本回国至上海（在日本，鲁迅当见过秋瑾），但并未回故乡绍兴，而是溯江而上到了南京，大概是要到南京寻找同志吧。周作人当月21日记云：“前在城南夜，见唱歌者有愿借十万头颅句，秋女士云，虽有此愿特未知肯借否。”由此可见秋瑾的慷慨姿态。但周作人就是见不到这一点，晚年的回忆文章表达的意思是：干出惊天动地大事的女英雄秋瑾当时不过尔尔。而鲁迅根据秋瑾的事功和遭遇，创作了思想独到的小说《药》，主人公夏瑜乃秋瑾无疑，《药》中“人血馒头”的悲剧一直警醒着国人，特别是知识分子。周氏兄弟的区别于此可见一斑。

周作人的文风，最擅“淡而处之”，再绚烂、再轰轰烈烈的东西，到了他这里，似乎总会变得云淡风轻。“在南京的学堂里五年，到底学到了什么呢？除了一点普通科学知识外，没有什么特别的东西。但是也有些好处，第一是学了一种外国语，第二是把国文弄通了，可以随便写点东西，也开始做起旧诗来。这些可以笼统的说一句，都是浪漫的思想，有外国的人道主义、革命思想，也有传统的虚无主义，金圣叹、梁任公的新旧文章的影响，杂乱的拼在一起。”（《知常回想录·五年间的回顾》）在南京这五年多，就这样被他轻描淡写过去了。但是，他也明明写道：思想、科学、外语、国文，这些都是南京馈赠的礼物。不管他自己是否明确承认，周作人身心的基本轮廓，在南京事实上已经养成了。而且，南京求学时期，周作人就已早早地开始卖文（包括译文）为生了，虽然作文和译文都还比较幼稚。在这一点上，周作人开始得比他的大哥要早。

南京之于周氏兄弟虽是新大陆，但最终注定只是他们人生的重要驿站。菩提达摩到金陵见佛教皇帝梁武帝，机不相契，在南京就待了十八天，10月1日到，当月19日就一苇渡江往江北去了。周氏兄弟与南京，虽谈不上“机不相契“，但离开南京有其必然性，因为还有更远、更大的新大陆。抗战胜利后，周作人被从北平押解回南京，据说途中曾写有两首诗，其一云：“羼提未足檀施薄，日暮途穷究可哀。誓愿不随形寿尽，但凭一苇渡江来。”一苇渡江，他是反向来南京，还有点自诩为受难者，并期望人生涅槃的意思。

除了路过之外，周作人后来回南京，主要有两次。一次是1943年4月，他受汪伪政府之邀，来“首都”演讲。他被聘为“南京政府”国务委员，重游旧地，大有“荣归”之意。但毕竟随着时间的推移，日本已有了败象，“光荣与梦想”、“喜悦和惊惧”兼而有之。那年他重返南京，媒体大肆采访报道，确是很风光的。临离开南京之前，他还选了南京的几处地方游览。比如玄武湖，曾作诗留念。可能是他自己提出要重游江南水师学堂，他的母校那时已是“海军部”，他兴致勃勃地给同行的人介绍，今天的某处当时是某处。在回北平的火车上，他还写诗抒怀，可见南京之行给他带来的情感冲击。

再一次，就是三年之后他作为汉奸被投入老虎桥监狱了。

1949年1月26日，周作人被保释出狱，至此，周作人作为“汉奸”又在南京待了三年。出狱时，周作人一定是百感交集，这从他出狱时写的一首诗可以见出：“一千一百五十日，且作浮屠学闭关。今日出门桥上望，菰蒲零落满溪间。”一苇渡江回到南京，他原来是把这坐牢的日子当作修行。但日子显然是一天一天数过来、熬过来的，又不太像修行了。到此时，周作人总算永远告别了留下太多记忆、欣慰与苦涩交织的南京新大陆。

中国人在“兄弟”二字上寄托深情与义气，是西方人难以理解的。《诗经·小雅·常棣》道：“凡今之人，莫如兄弟。”郑玄笺曰：“人之恩亲，无如兄弟之最厚。”而且，这“最厚”的“恩亲”相伴时间最长，超过父子、夫妻关系。没有血缘关系，但意气相投、志同道合、友情深笃的，也“亲如兄弟”，并希望“四海皆兄弟”，兄弟之情溢满胸襟！甚至是“多年父子成兄弟”，兄弟比父子更平等，也就更亲厚。但元曲《冻苏秦》道：“兄弟如同手足，手足断了再难续。”周氏兄弟之间关系的点滴，主要证之于周作人的记述。他较早有意识地记日记，晚年以鲁迅为题材写了大量的回忆文章。周作人的文章有人读，周作人写鲁迅的文章更是可以吸引大量的读者，周作人某种意义上是在“卖”他的大哥。1923年，鲁迅、周作人兄弟反目，鲁迅搬出八道湾，后离开北京，兄弟一别几成永诀。兄弟反目前，周作人永远称鲁迅为“大哥”，兄弟反目后，那承担了巨大情感的“大哥”两字再也不能见到。即使在鲁迅去世后，周作人已到晚年，一切恩怨已然云淡风轻，他也没能再称鲁迅一声“大哥”。“大哥”成为一种记忆永远消失了。在老虎桥监狱，想到世间种种误解，“惟索解人殊不易得”，想到曾经那么了解、理解他的大哥，也只是说“昔日鲁迅在时最能知此意，今不知尚有何人耳”，他仍不肯再称一声“大哥”，可能“鲁迅”已经成为大众更能理解的一种符号，或者，那别一样的亲切感再也无法寻得。所有的破镜重圆，只能是一种美好的愿望。南京新大陆时期，周氏兄弟亲密无间、血浓于水的手足之情已经成为一种文物，被永远封藏。对于离开后的鲁迅来说，南京尚有一丝明媚的阳光，而对于已经永远失去“大哥”的老虎桥监狱中的周作人，大概只有苦涩了。

如果没有老虎桥的记忆，周作人对南京当比鲁迅更留恋，因为这里有他在国内读过的唯一的学校，他的母校，有他六年的青春时光。周作人是一个相当念旧的人。即使去了日本，与大哥会合，由日本的景色和情景，他首先想起的还是南京。如他在日本经常走过的地方，他称为“城市山林”的，由此他立刻联想起南京的鼓楼和三牌楼，回忆起他在南京走过的路：

> 我对于这几条道路不知怎的很有点留恋，这样的例子在本国却还不多，只有在南京学校的时候，礼拜日放假往城南去玩，夜里回来，从鼓楼往三牌楼马路两旁都是高大的树，浓阴覆地，阒无人声，仿佛随时可以有绿林豪客蹿出来的样子，我们二三同学独在这中间且谈且走，虽是另外一种情景，却也还深深记得，约略可以相比耳。

南京让周作人“深深记得”的方面一定还有很多很多。

鲁迅、周作人这两位后来中国新文化运动的巨子，到毕业离开南京时，他们的精神姿态、思想结构、文化修养已经基本养成，那些作为新文化运动主将的基本面已经具备，只等那个风雨舞台。

南京对于周氏兄弟人生的意义,几乎是同等重要的。因鲁迅此后的人生轨迹和特殊地位,南京当然要借他发挥。他当年在南京读书时的教室、宿舍早就都做了标识,还成立了鲁迅纪念馆;而周作人因为自己后来的时代与人生际会,特别是因为汉奸身份,他在南京留下的印记再也不可能有人去标注,如今已随时间慢慢消逝。这就是人们常说的:性格即命运;起点相同,命运各异。

废都斜阳

我工作的单位原在南京颐和路，而颐和路是民国新住宅区的中心道路之一。刚参加工作时我借住在单位办公室，清晨或者夜晚，我几乎是每天都要在这一带散步。凌晨的薄雾中鸟鸣啾啾，掩映在雪松、梧桐、广玉兰中的幢幢公馆尚在晨睡之中，我觉得它们不仅是美丽，更是年轻——不是如今时尚单薄的年轻，而是民国时代的清新与俊朗，不知为什么，这种清新与俊朗是我在北京、上海、青岛等其他城市的民国公馆区所无法感受到的。夜晚，路灯晕黄，颐和小区内的珞珈路、琅琊路、普陀路、灵隐路、赤壁路等格外静谧，黑暗中一幢幢洋楼只能见其轮廓，窗户里透出来的点点灯光更增加了深宅大院的神秘感。一个人独行，今夕何夕，恍惚之间，我是走在民国的路上，我也成了民国时代的人。这里的夜晚我觉得是适合年轻男女幽会的，但如今世上的男女好像并不喜欢来这里，我很少在这里看到他们的身影，他们去了歌厅、酒吧，还有网上。一天晚上，九点钟左右，我在珞珈路的一个院墙边看到一对男女各推着一辆自行车相对而立，少妇模样的她低着头，背对着我。我匆匆走过去，只听见女的带着哭腔说："我对不起你！" 是那种不愿分手而又不得不分手的意思，深情而决绝。我扭过头：在幽幽的月光下，女人满面泪水，闪着清冷的光。这种凄清与我想象民国时的心绪竟是十分吻合。

看民国时候留下来的公馆，我有一个突出的印象，就是个性。没有两幢建筑设计是一样的，再加上公馆主人各具特色，每一幢公馆因此都有了灵气。看看如今房产商们开发的别墅区，千篇一律，间距狭小，还有什么联排别墅，真是倒胃口。梁实秋说："有个性就可爱。" 中国人现在开发的这些别墅实在是不可爱，再有个性的人住在里面，你还是分不清哪家是哪家。

随着中国人口的增长，住宅也越来越紧张，原来一家人住着的院落，现在往往挤进了几家人，因此一些公馆的大露台上、院子里搭起了一些临时房屋，破坏了原来的风格，不伦不类，怎么看怎么不舒服。对民国公馆最大的伤害就是这种改建搭建。

"公馆" 这词儿我本以为历史不会太长，其实不然。《辞海》是这样解释的："公馆，古代诸侯的宫室和离宫别馆。《礼记·杂记上》有言，'大夫次于公馆已终丧'，按谓诸侯死后大夫在诸侯宫中守丧。又'公馆者，公宫与共所为也'。郑玄注，'公所为，君所作离宫别馆也'，引申指一些比较高级的住宅。"《汉语大词典》的解释略有出入："指官僚富人的住宅。"《辞海》的态度比较中立,《汉语大词典》倾向鲜明,因为所谓“官僚”、“富人”带贬义久已矣。我倒觉得后者更符合中国国情,“公寓”与“公馆”只一字之差,那多少户住到一幢楼的公寓显然不能与公馆相比,从古到今独门独户住在大宅子里的都不是平头百姓。

“江南佳丽地,金陵帝王洲”,南京是十二朝古都,准确地讲是被废了十二次的废都,老公馆当然是见证了沧桑兴亡。刘禹锡的《乌衣巷》说得好:

> 朱雀桥边野草花,乌衣巷口夕阳斜。
> 旧时王谢堂前燕,飞入寻常百姓家。

对于一个城市来说,什么“重要的”都可以做,就是不能做“战略要地”,还有什么“兵家必争之地”,很不幸,南京就是这样一个地方。翻翻南京的历史,你就知道这种不幸是怎样一种不幸了;读读历代关于南京的诗词,你能体会什么是沧桑和悲凉。这里有诗人和泪的无奈:“黯黯江云瓜步雨,萧萧木叶石城秋。孤臣老抱忧时意,欲请迁都泪已流。”(陆游《登赏心亭》)“六朝事,风流佳丽,犹有人说。面对长江万叠,惊涛日夜卷雪。叹虎踞龙蟠形胜设,经过了几度兴灭。照千古英雄泪痕者,清溪渡头月。凄切,荒城画角吹彻。吊结绮临春,当年事,惟有蛩语咽。嗟游子停鞭,问渡桃叶。烟波乍接,过莫愁湖上,使人愁绝。最不堪蜀魄啼血,台城外、乱鸦荒堞,蒋山侧、荒丘横断碣。隔江听,一曲琵琶,怨未歇,多情难与金陵别。”(王昊《浪淘沙慢——金陵怀古》)“一段清愁，百年遗事，翠苔零落碧瓦。记得年时，多少歌台舞榭。绣槛里，云鬟飞鸦；珠箔外，玉鞭嘶马。良夜。有兰舟徐泊，宝灯斜挂。回首江山如梦，只泣雨烟笼，柳丝盈把。水绿秦淮，还绕赤栏桥下。将南都，花月新声，作北里，水天闲话。吟写。任墨痕泪点，淋漓罗帕。”(王昶《月华清·秦淮旧院》)也有帝王的长吟慢叹：“往事只堪哀，对景难排。秋风庭院藓侵阶。一桁珠帘闲不卷，终日谁来。金锁已沉埋，壮气蒿莱。晚凉天净月华开，想得玉楼瑶殿影，空照秦淮。”(李煜《浪淘沙·往事只堪哀》)至于平头百姓心中的沧桑和悲凉虽然体量巨大，也只能是湮没无闻，随历史腐烂。

在东吴、东晋、刘宋、南齐、萧梁、南陈、南唐、南宋、明、南明、太平天国等政权之后，1912年，孙中山在南京就任中华民国临时大总统。1916年，孙中山在他的《实业计划》中设计了南京的建设蓝图，立志要建造一座不同于历史上任何朝代的新首都。他在《建国方略》中说：“南京为中国古都，在北京之前；而其位置乃在一美善之地区，其地有高山，有深水，有平原，此三种天工，钟毓一处，在世界中之大都市，诚难觅如此佳境也。而又恰居长江下游两岸最丰富区域之中心……南京将来之发达，未可限量也。”但他没能看到他的宏伟计划实现。1927年蒋介石定都南京，南京又一次成为都城。1929年制订的《首都计划》称：“中山门外紫金山南麓为中央政治区；傅厚岗一带为市级行政区；长江两岸及下关港口为工业区；主干道两侧和明故宫、新街口一带为商业区；鼓楼、五台山一带为文教区；山西路一带为新住宅区。”计划中的住宅区又分为四个等级：第一级为上层阶级住宅区，第二级为一般公务员住宅区，第三级为一般市民住宅区，第四级为棚户区。北京西路、山西路、宁海路、颐和路一带成为高级住宅区，国民政府的军政要员开始在这里建造自己的公馆、别墅，仅这一地区的总面积就达到了69万平方米，平均每户400平方米，当时带花园的独立洋房有1 700户，每户都有门房、汽车库，建筑密度在20%以下，庭院绿化面积达64.8%。汪精卫、阎锡山、于右任、陈诚、汤恩伯、邹鲁、顾祝同、杭立武（曾任国民党政府教育部部长）、马鸿逵（宁夏省主席）、周至柔（曾任国民党空军总司令）、薛岳、蒋介石二公子蒋纬国、黄仁霖、胡琏（曾任国民党陆军副总司令）以及一些外国侨民的公馆都在这一带。这里还集中了巴西大使馆（宁海路4号）、菲律宾公使馆（颐和路15号）、罗马教廷公使馆（天竺路25号）、墨西哥大使馆（天竺路15号）、加拿大大使馆（天竺路3号）、葡萄牙公使馆（北京西路54号）、印度大使馆（北京西路42号）等，因此这里又被称为使馆区。1949年以后，这些使馆实际上大多成了新贵们的住宅（公馆）。这一以居住为主的区域，有着完善的道路、庭院和绿地系统，道路呈方格网和对角线分布，每个庭院都有一面临街，安静而又方便，一幢幢花园洋房点缀其间，构思巧妙，风格各异，无一雷同。这一区域内的道路格局、空间尺度、院落布局、围墙、大门、门头设计甚至行道树、街头小绿地都蕴涵着丰富的历史文化信息。洋房以西方现代建筑风格为主，坡顶，老虎窗，青砖或红砖外墙，砖块装饰窗框，入口雨篷及檐口造型精细，既简洁大方又有精美的细部点缀。目前这一区域保存完好的民国时期的建筑仍有两百多幢，较为完整地反映了民国时期高级住宅区的特色和风貌。

南京现在留下来的公馆大多建于二十世纪三四十年代，其主人绝大多数是国民党的达官贵人，自然属于《汉语大词典》所说的“官僚富人”。此外，外国使节在南京也拥有他们的公馆，如先后任美国驻华大使的马歇尔和司徒雷登，他们的公馆分别在住家的黄金地段宁海路和青岛路。日军侵入南京后，日军司令长官冈村宁次在青岛路也有了自己的公馆。其时涌到“首都”的其他人员要有自己的公馆可就难了。徐悲鸿与蒋碧微建房的宅基地是国民党元老吴稚晖出资买下的；傅抱石买下宅地后，缺钱买建材，拖了一年多后才勉强盖起。至于当时住在南京的文人，如张恨水、张天翼等就只好租房子住了，而且要考虑租金，否则租贵了，生活就要出现问题了。1927年，闻一多留美回国后两年，曾一度短暂在南京土地局工作，后任国立第四中山大学(后来改名为国立中央大学)外文系主任，教授英美文学，他和一家人当时住在南京单牌楼，房子拥挤，在这里他发表了诗作《回来》、译作《白朗宁夫人的情诗》，还出版了自编的最后一部诗集《死水》。

一地各种风格公馆的出现，是与当地建筑施工行业的兴起与变革分不开的。清朝同治年间，英法等国商人在南京开设的协隆、谈海、隆泰等洋行开办营造厂，美商上海慎昌洋行在南京设立分行，近代的南京营造业(建筑施工行业当时被称为营造业）兴起，那时，设计施工实际上是由洋行包揽的。到1897年，南京才有了中国人自己开办的营造厂——陈明记营造厂，由接受西方文明较早的基督徒和商人陈明创办。也就是在这时候，由英国工匠阿斯普丁于1824年发明的水泥开始传入中国，成为我国继黏土、石灰、糯米浆之后胶凝材料的当家品种。辛亥革命后，开始近代城市建设，西式建筑逐渐增多。1927年，国民党定都南京，大兴土木，实施所谓“首都建设计划”，带动了南京营造业的发展。1935年，全市登记的营造厂有480家，“为京市工厂家数之最多者”（《首都志·食货下》），南京的营造业当时在全国产生了较大影响。在1949年中华人民共和国成立前，南京几百家营造厂中，数陈明记、新金记（康号）、陶馥记、陆根记四家最有名，当时有所谓南京营造业的“四大金刚”之说。其中新金记（康号）是小红山官邸（今称美龄宫）的承建者，陶馥记是孙科公馆、宋子文公馆的建造者，而陆根记更是通过为党国要人建公馆私宅而承揽政府和军统工程，大发横财。厂主陆根泉为泥水匠出身，当过小包工头和上海公共租界巡捕房的包打听。打出陆根记营造厂的招牌后，他曾不惜工本为褚民谊、汪精卫、张学良、吴稚晖、钱大钧、戴笠等人建造公馆别墅，深得国民党上层人士的赏识，并以此换取大量政府和军统工程的承建权，捞足了油水，后来一直做到军统少将、陆军总司令部营房筹建委员会中将顾问。

盖房子的钱是从哪里来的不是我关注的重点，我关心的是公馆本身，是与公馆相关的人和事。中国的建筑艺术源远流长，人们常说汉魏质朴、隋唐豪放、两宋秀逸、明清典丽，这些大致说出了各个时期的建筑风格。但具体到某个时期，仍可区分出不同地区和民族的特点。同为明清建筑，就可明显区分为北方、江南、岭南、西北、西南等地方风格，以及藏、蒙、回、维、壮、瑶、侗、黎等不同的民族特色。具体到二十世纪上半叶的南京，具体到公馆建筑，它们的特点是什么，它们的建筑风格怎样？要回答这样的问题实在是让我这个建筑外行为难。

二十世纪上半叶正是西风大举东进的时候，西方各种建筑风格纷纷进入中国，南京成为民国首都后，更是吸引了大批留洋的建筑师来驰骋他们的才华，如杨廷宝、童寯、陈植、赵深等；加之公馆的主人也大都曾留学国外，因此南京的公馆基本是西式，完全中式的好像只有曾经做过张群和马歇尔公馆的宁海路5号。西式花园住宅风格各异，外形有西班牙式、英国式、西方古典式、欧洲村舍式、折衷式等等。国民党政权内忧外患，军政要员绝大多数也是外来户，常常征战在外，在南京经营的时间较短，因此不少公馆带有草创的性质，有些人甚至是租房作为自己的公馆，因此，写南京的老公馆，也只能侧重于和公馆有关的人和事。虽然公馆本不是纪念性建筑，当初建起来主要还是为了起居，但现在人（原来的主人）去楼空，残存下来的公馆已经是纪念意义的“遗物”，负载了沉重的历史文化信息。

在古代，官员们的住宅建制是有较严格的规定的。按照唐制，三品以上堂舍不得过五间九架，门屋不得过三间五架；四、五品堂舍不得过五间七架，门屋不得过三间两架；六、七品以下堂舍不得过三间五架，门屋不得过一间两架。随着社会的发展，这种等级森严的规定淡漠了许多。到了蒋介石这儿，实际上对官员的公馆并没有严格的规定，对公馆建设过程中的种种问题也是睁只眼闭只眼的。

国民党建都南京后，党国要人大多政治在南京，经济在上海；幕前在南京，幕后在上海；办公在南京，玩乐在上海。因此每逢周末，京沪道上冠盖如云。在南京这个前台，公馆可称为前台的幕后。南京公馆的政治作用是不容低估的，仅以“西安事变”期间的情况为例，就可以看见其中的名堂——公馆是斡旋、密谋、交涉、拉拢、施压、攀附、游说的场所，“公馆政治”可谓名副其实。蒋介石被扣西安，各方政治力量马上重组，从公馆看，形成了以何应钦斗鸡闸公馆为中心的“主战派”和以孔祥熙铁汤池公馆为大本营的“主和派”。前者是当时南京政府实际的军事中心，从这里每天都可以了解到“讨逆”的最新进展；后者是其时国民党南京政府实际的行政中心，从这里每天都可以了解到宁陕和谈的最新情况，这里还是第一夫人宋美龄的行宫。除了何公馆和孔公馆外，对时局有重要影响的公馆还有国民党中央党部秘书长叶楚伧公馆和国民党中央常委陈立夫公馆。叶公馆是党方要人的活动中心，而陈公馆则是党内主流派CC系的老巢。因为CC系灵魂人物陈立夫、陈果夫兄弟当时在党内没有实际职务（陈果夫为江苏省政府主席，陈立夫虽是中央常委但在党部没有实职），CC系许多场面上的活动还要借助中央党部才能具有“法律效应”，加之身为南社领袖的叶楚伧虽身居高位，但只好诗酒，不善弄权，与二陈兄弟私交也不错，CC系要借他一块宝地做一些官样文章，叶也乐于助成，因此叶楚伧公馆也是CC系的活动中心。比如“西安事变”初起，CC系的第一篇政治表态文章——江苏省主席陈果夫致各省主席电，就是1936年12月13日上午在叶公馆讨论决定的。当时出席会议的有叶楚伧、二陈兄弟、陈布雷，以及国民党中央党部组织部长张历生、国民党中央代理宣传部长方治、国民党中央民众训练部部长周佛海等。除了叶楚伧和陈布雷外，其他几位无不是CC系的大人物，叶楚伧不但提供了中央党部的名义，还提供了活动场所。

但从我的个人喜好来说，我对公馆的日常生活更感兴趣，公馆的家庭生活、柴米油盐，公馆主人日常的喜怒哀乐等，更能激起我的联想。但是在我的印象里，中国人实际上对“日常生活”并不感兴趣，关于这些公馆当初的日常生活留下的记载也极少；原来在公馆生活的人如今大都已经去了另一个世界，无法对他们进行采访，我无法凭空想象。

1949年，南京再一次成为废都，这些公馆的主人都离开了南京，绝大部分离开了大陆。如今，时间消弭了太多太多的东西，我与他们已经拉开了产生美的距离。他们都曾居住在我现在生活的城市，紫金山、中山陵、玄武湖、夫子庙、秦淮河、栖霞山、清凉山、莫愁湖、牛首山、台城、鸡鸣寺、燕子矶……金陵的山山水水，他们可能比我还熟悉。我走着他们走过的路，看着他们看过的景，他们因此都和我有了关系，无论是美的还是丑的，善的还是恶的，红脸的还是白脸的，中国人还是外国人……我对他们和他们公馆的感觉就是一个词——“亲切”了。

宁海路5号

民国时期的南京，中国人所住的别墅、公馆几乎全是西式；国共谈判时美国总统特使马歇尔住的宁海路5号却是中式：歇山式屋顶，花墙漏窗，小园清幽，有江南园林的风味。“崇洋媚外”，中国人如此，这位美国老兄也不能例外——当然，也可能是当时的国民政府有意为了让这位美国人体验中国特色。

宁海路5号原为金城银行别墅，建于1935年，由著名建筑设计师童寯、赵深、陈植设计，砖混结构，歇山仿古二层小楼，楼前有大片的绿地，小径用鹅卵石铺成，上面有红、黑、白三色鹅卵石镶嵌而成的鹰、狮、虎、鸟四种图案，至今保存完好。1945年11月，美国总统杜鲁门任命马歇尔为总统驻华特使，代替赫尔利调处国共关系。马歇尔的中国缘始于1924年，当时为美国中校的马歇尔携夫人首次来华出任美国第15步兵团团长，保卫天津租界，史迪威当时是他的部下。在华三年，马歇尔借机学了一些汉语，自称自己的汉语比法语还要好。十八年后，经过了第二次世界大战，已经是大名鼎鼎的马歇尔再次踏上中国的土地。先是到国民党当时的陪都重庆。1946年5月，国民政府还都南京，中共代表团由重庆迁来南京，住于梅园新村；同期，马歇尔住进宁海路5号，时人称为“马歇尔公馆”。在这里，国、共、美想必有过多次的晤谈和周旋，周恩来等人的小汽车多次停在门前或院内。

房子住起来想必也很舒服，又能满足住惯了西式住宅的马歇尔的求异心理。但是，杜鲁门派他来华显然不是为了满足他的求异心理的。其时，中国内战一触即发，美国人不希望中国陷入内战的泥沼，出于冷战思维，更不愿意看到中国共产党上台，认为那样将极大损害美国的在华利益。马歇尔是二战时期的著名人物，在军事和外交等方面功勋卓著，组织才能更是一流，被称为“胜利组织者”。杜鲁门在关键时刻派此人来华，其分量当然了得。国民党政府深知马歇尔来华的重要性，蒋介石夫妇，特别是宋美龄，对马歇尔夫妇更是关怀备至。1946年4月29日出版的美国《新闻周刊》曾用蒋介石夫妇与马歇尔在一起的照片作为封面故事。共产党人也对马歇尔的调处寄予希望。因此，刚到中国的那会儿，马歇尔受到了国共双方的礼遇。

但由于当时世界的冷战形势和美国二战后对华政策的矛盾性，马歇尔注定无功而返。作为调停人，马歇尔本也想处事中立，将国、共视为对等的双方。调处伊始，马歇尔提出了美、国、共三方一致协议的原则，希望促成中国停止内战，建立联合政府，受到共产党人的欢迎。但是，当时的美国政府只承认国民党政府为中国的唯一合法政府，坚持援助国民党的政策。一方面，美国为了自己的利益，为了遏止前苏联在远东的影响，不希望中国发生内战；另一方面，战前、战后美国又和国民党签订了一系列给予国民党物质援助的协议，马歇尔作为美国总统特使必须履行这些协议，客观上为蒋介石发动内战提供了物质支持。后来马歇尔同意了国民党方面提出的所谓“美方决定权”，背弃了自己当初提出的“三方协议一致”原则。他虽然对蒋介石一意要用武力解决中国问题的态度感到非常愤怒，但也无可奈何；非但如此，国民党右派还对他的调处非常不满。共产党代表周恩来也曾给马歇尔写了一个备忘录，责怪马歇尔阴谋助蒋，据说马歇尔知道后气得直发抖。他辛苦了一场，结果是猪八戒照镜子里外不是人。马歇尔威望极高，自尊心很强，他能大力促成政协完成自由民主的决议，却对决议的落实束手无策。在中国这块国土上，马歇尔注定是一个尴尬的角色，他虽然住在中式的公馆里，但作为一个美国人，作为一个军人绅士，要了解中国还是太难了。1946年11月，随着国民党一手包办的“国大”召开，和平之门关闭，马歇尔的调解宣告彻底失败。战争将解决政权问题，枪杆子里面出政权。

事实上，战争也没有完全解决政权问题，海峡隔开了台湾和大陆。美国人也不消停，虽然承认中华人民共和国政府为中国唯一合法政府，台湾为中国不可分割的一部分，但仍在向台湾出售武器，甚至扬言要武力保卫台湾。二战以来，中美关系风风雨雨半个多世纪，马歇尔没有解决的问题，马歇尔以后的人仍然没有解决。西方人住中式的房子，中国人住西式的房子，以房子来说，无论中式西式均有其优点，关键是要实用、舒服、美观，文化、制度亦然。据说马歇尔回国前曾在宁海路5号为他的一个副官和一个金陵女子大学的中国女生主婚，当时他说："我在中国完成的唯一任务就是给他们俩主婚。"这话虽是自嘲，倒也比较中肯，爱情和婚姻较少受文化和政治制度的限制，或者说普遍的人性冲破了文化和政治的限制。由于这一点，这座小楼和它原来的主人才给了我一点暖意。

宁海路5号在南京沦陷前曾作为国民政府外交部部长张群的公馆，后来又交给德国大使馆使用。南京即将沦陷时，这里成为由在南京的外国人自发组织的南京安全区国际委员会的总部，主席是西门子公司（中国）的拉贝先生。据说当时这座房子设施相当豪华，还有一个很大的地下室，拉贝称之为"我们的宫殿"。在南京沦陷前后，南京安全区国际委员会救助了无数的中国难民，在委员会工作的外国友人当时被中国难民称为"活菩萨"。《拉贝日记》中收录的许多南京安全区国际委员会的报告、信件等均注有"宁海路5号"的字样，对众多南京难民来说，宁海路5号无疑是一块圣地。据《拉贝日记》记载，当时的一些中国人曾打算把宁海路5号买下来送给南京安全区国际委员会。我曾见过那时留下的一张从花园方向拍摄的宁海路5号的黑白照片，相当清晰，院子里、台阶上或蹲或坐着许多中国难民。时值严冬，1937年的冬天特别寒冷，人们穿着臃肿的棉袄，正等待着分配食物或少量现金。为防空袭，草坪上铺着安全区区旗(红圈里套红十字)。在照片的右下方，还有一只探头探脑的狗，不知道它晓得不晓得人类正发生的事情。事实上，在日本人肆无忌惮的淫威之下，当时南京难民的命运还不如一条狗：男人被活埋，被铁丝、绳索串起来用机枪扫射；包括老妪和女童在内的无数女性被“日本兽兵”(拉贝语)强奸，有的被强奸后还被日本人用木棒、瓶颈等物插进下体，孕妇遭强奸后被开膛剖肚……那时无论是国民党和共产党都没能阻止这样的事情发生,多灾多难的中国人哪!

1938年2月21日下午，拉贝即将离开南京，安全区国际委员会(其时已改名为“南京国际救济委员会”)在宁海路5号总部召开了盛大的欢送会，人们向他递交了中英两种文字的感谢信,委员会的全体西方人还为主席拉贝做了一个专门的陈述词：

> 我们，南京安全区国际委员会(现在的南京国际救济委员会)的全体委员，谨向约翰 H.D.拉贝先生(他在过去危急的3个月内作为主席领导了我们的委员会)所做的工作表示最衷心的感谢。在艰苦的工作中，拉贝先生的领导是勇敢和善意的，将会长久地留在全体南京居民的记忆里。绝大多数群众在这个时期经受了流血牺牲。委员会主席的优秀品质表现在：在重大行动中，一方面具有一往无前的工作作风；一方面对我们每一个处于困境中的难民表现出个人的同情和关心。(约翰·拉贝：《拉贝日记》，南京：江苏人民出版社，2015年)

他无私的工作受到了中国人的无比感激和赞赏，他以对居民大众利益、对履行商人职责和对本国利益的献身精神，给外国侨民做出了一个光辉的榜样。

西门子洋行（中国）由于它的代表担任了本委员会的主席，为南京居民做出了巨大贡献。拉贝先生的成绩给中国的全体德国侨民和德国洋行企业增添了新的荣誉。

普通老百姓把一个人夸奖到极致，就是“活菩萨”，拉贝就被当时的南京难民称为“活菩萨”，已经不是“人”了。我不知道中国人何时才能撇开阶级、党派观念等限制而用个人品质去评价一个人。顺带说一句，被称为“活菩萨”的拉贝却是纳粹党员，而他之所以“入党”，只是为了在南京办德国学校。

宁海路5号离我上班的地方只有几十米，我因此经常从其门前经过。不知为什么，那黑颜色的歇山式大屋顶总给我压抑的感觉。张爱玲的第一任丈夫胡兰成对中国建筑是偏爱的，他在《山河岁月》中说，西洋建筑受杠杆力学的限制，所以强调柱，“中国房子则是高级数学的，支点遍在自在……”，“西洋人楼居的迟，亦是对天空有神性的畏慑，而屋顶问题的无法处理则更使人觉得无遮蔽的被打倒在地。中国人则有飞檐，便怎样的大建筑亦有飞翔之势，不觉其重。”仅从建筑来讲，胡兰成的这种说法也许不无道理，但是，住房总要跟人事联系在一起，中国人一次又一次地被外国人和自己人“打倒在地”，中式的房子再好，中国人自己看起来恐怕也难有“飞翔”之感，于是一窝蜂地学欧洲人、学苏俄人盖房子，弄得中国人不会盖自己的房子了。

宁海路5号依旧，主人不知换了多少茬了，如今大铁门紧闭，不知住着的是何方神仙，外面的围墙上还隐约可看到过去时代留下的标语痕迹。宁海路5号完全可以建成一座纪念馆，好让国人记住过去的耻辱和苦难，以及国际友人对南京的恩情（我无意特地去歌颂外国人，我歌颂和呼吁的是人类的良心和慈悲），这恐怕比做什么都更有意义。

憩庐·美龄宫

一个人一生中相对固定的住所还真的不在少数，对于蒋介石这样征战南北、经理国家的人来说就更是如此了。蒋介石的老家是浙江奉化溪口镇，1887年农历九月十五日未时，他出生在镇上的玉泰盐铺二楼，这里成为蒋介石的第一个居所。蒋介石发迹后回乡修房建别墅自然不在话下，如丰镐房、乐亭、妙高台等。这些都曾遭到日本人的轰炸以及后来的红卫兵的毁坏，用途也是几经变异。蒋介石的第一任夫人，蒋经国的生母毛福梅就被日本人的炸弹炸死在丰镐房的厨房外，弹痕和炸断的窗棂至今仍在；乐亭1937年12月12日被日本飞机夷为平地，1984年重修；玉泰盐铺在1949年以后就曾先后做过卫生所和奉化第三招待所等，1984年后修复并对外开放，成为国家级文物保护单位的一部分。蒋介石在南京的官邸和别墅也避免不了同样的命运。

1928年，蒋介石成为南京的“常住居民”。在此之前，这位国民党政府和军队最具实力的人物刚解除了与妻妾毛福梅、姚冶诚、陈洁如的关系，与年轻美貌的宋美龄在上海举办了世界瞩目的盛大婚礼，为自己的政权找到了强大稳固的财政支持，当时的《纽约时报》头版头条对此做了报道。其时《上海时报》的报道如下："这是近年来的一次辉煌盛举，也是中国人的一个显赫的结婚典礼。这次婚姻使南京军队过去最强有力的领导人和新娘的哥哥宋子文博士的家庭以及国民党创始人已故孙中山博士的家庭连接成一体。"结婚当天的上午，蒋介石还以"我们的今日"为题写下了自己的"结婚感言"：

"余奔走革命以来，常于积极进行之中，忽萌消极退隐之志。昔日前辈领袖问余，汝何日始能专心致志于革命？其他厚爱余之同志，亦常讨论——如何能使介石安心尽革命之责任？凡此疑问，本易解答，惟当时不能明言，至今日乃有圆满之答案……

"余确信余自今日与宋女士结婚以后，余之革命工作必有进步，余能安心尽革命之责任，即自今日始也。

"余平时研究人生哲学及社会问题，深信人生无美满之婚姻，则做人一切皆无意义……

"余二人今日，不仅自庆个人婚姻之美满，且愿促进中国社会之改造……

"余必本此志愿，努力不懈，务完成中国之革命而后已：故余二人今日之结婚，实为建筑余二人革命事业之基础……”

蒋之文才与汪精卫相差甚远，这段话也不无矫情的成分，但理想的婚姻对于一个人的生活和事业来说无疑是至关重要的。蒋介石少年顽劣，时代的急流将他推进了民主革命的大潮：留学日本，追随孙中山。前期的蒋介石就具备了两重性格：上海洋场的浮浪子弟与革命志士在他身上都有充分的体现。从他的日记中可以看出，他还是一个宋明道学的信徒，道学曾促使他励志修身，克服了浮浪子弟的某些劣根性；如今与宋美龄的婚姻更给了他新生的契机。与宋美龄结婚后，蒋介石确乎告别了过去的放浪生活，其“革命事业”也是蓬勃发展，进入了人生的崭新阶段。他们的蜜月刚度了几天，蒋介石就结束“下野”，匆匆赶回了南京，复任国民革命军总司令，兼任南京政府和武汉政府合并以后的国民党中央政治会议主席和军事委员会主席，重掌党、政、军大权。这是蒋介石一生中最为春风得意的时期之一。带着新婚的妻子，蒋介石春风满面地回到了南京。他们先是住在三元巷的老房子里，同时开始新建委员长官邸。当时南京残破陈旧，居住条件很差，气候又不好，许多官太太仍旧常住上海，宋美龄却毫无怨言地陪着蒋介石在南京住下了。

蒋介石之于南京，犹相当于皇帝之于京城，他的官邸比别人大，比别人好也是应该的；前朝在南京留下的宫殿大都毁坏不存，蒋介石定都南京，建两座自己的官邸成为必要。后来修建起来的主要有两处：黄埔路官邸（也称憩庐）、东郊美龄宫。

憩庐

地址选在黄埔路国民政府国防部大院内，这里也曾是中央军校所在地，蒋介石由黄埔军校起家，选址于此倒也在情理之中：一方面相对比较安全，另一方面也有利于“联系群众”。黄埔路官邸后来又被称为憩庐，占地面积27平方丈，1929年7月12日动工，建筑费用为16 026.84元，内部设备另费银5 187两。同年10月14日落成，蒋介石宋美龄夫妇不久搬入居住，一直到1949年，这里都是他们的家。和宋美龄结婚，蒋介石结束了过去的颠沛流离和放荡不羁，作为一个男人，他开始成熟，开始了家庭生活，他的“事业”也如日中天。

憩庐为一座红色西式洋楼，坐北朝南，上下两层。一楼东侧第一室就是一个客厅，里面摆设着红木茶几和靠背椅。墙上是那幅著名的合影：孙中山着中山装端坐着，蒋介石一身戎装立于身后。照片上方是孙中山亲书的条幅：

> 安危他日终须信，
> 甘苦来时要共尝
> ——介石吾弟嘱书，孙文

这显然是一个蒋介石接待“外人”的客厅，是场面上的。客厅的东面是一个大餐厅。1948年12月31日，蒋介石从东郊自己选定的墓地正气厅踏探归来，与副总统李宗仁、行政院长孙科、监察院长于右任及国民党中常委张群、陈立夫等四十多人的引退告别晚宴就是在这里举行。客厅的北侧是专为官邸供暖的锅炉房。

在蒋介石这间客厅的西边是一间小客厅，里面的桌椅为柚木制成，墙上挂的是意大利人画的风景画，一排采光极好的落地窗使这间客厅明亮而又幽雅——一望而知，这里是女主人接待宾客的地方。从这间客厅西北侧的门便可进入蒋介石的办公室。蒋介石的办公室也根据亲疏远近分为里外两间。虽然大小陈设相似，但外面一间是他白天批阅文件和接见军政要员的地方，里面一间有门与外间相通，必须是蒋介石特别指明的人才可以进去。

二楼西面是书房，东面是一间大卧室，卧室的北面分别有两扇门通向盥洗间和卫生间。盥洗间里面的大浴缸非常特别，是西欧进口的钢浴缸，此浴缸至今仍存放在憩庐的一个天井里。卧室外面还有一间会客室，是专门会见内亲或者是专门邀请的人的。侍从副官和秘书都不得随便上楼。整个官邸外部庄严朴实，内部结构精巧，门特别多也是主要特点之一。可能是考虑到安全因素，设计了不少安全门，初入此楼，可能会不辨方向，不知所在。

官邸门前有一门廊，刚好能停一辆轿车。按规定，一般来访者的汽车只能停在官邸南面约30米外一条东西向的水泥路上，只有蒋介石关照的外宾、国民党元老、少数几位部长和封疆大员的汽车才可以直接驶进门廊。据说国共谈判时期，周恩来的汽车可以直接开进来，大概是蒋介石对这位曾经担任黄埔军校政治部主任的政治对手比较尊重，特别关照过手下人了。

门廊前面是一个直径15米的大花坛，花坛中央的大雪松如今需两人合抱——看三十年代拍的憩庐照片，那时的树木花草尚未长成。其时蒋介石的两个儿子蒋经国和蒋纬国都已分开另住，蒋经国很长一段时间住在玄武湖，蒋纬国的公馆在颐和路小区的普陀路15号，蒋介石的家庭生活还是比较安静的，夫妇俩在周末和节假日时常去离憩庐不远的中山东路上的励志社看电影、听戏、听音乐。宋美龄喜欢跳舞，但因为是第一夫人，不会随便屈尊与人跳舞，因此只能在特定的场合与孔、宋家族的人一起跳舞，对外也是不事声张的。蒋介石不苟言笑，宋美龄则相对比较活泼，两人一中一西，一静一动，倒也相得益彰。很难想象，如果没有女主人，憩庐打足了也就是一办公室了。自从嫁给了蒋介石，一直到蒋去世，宋美龄与其患难与共，并凭借流畅的英语和个人魅力，扮演了蒋介石外交助手的重要角色。斯特林·西格雷夫的《宋家王朝》这样说："美龄成了'花生豆'（史迪威任美国驻北京公使馆陆军随员时给蒋介石起的绰号——引者注）向西方说明情况的译员。她发表'半官方'的谈话，写长信、评论文章和写书，以供在美国出版。美国人认为，这样做的效果是极为迷人的。这让人感到好像是美国学院的一位聪慧的女子已接管了中国，并对这个神秘复杂的国度里的事务的真伪做现场的连续评述。"从小在美国受教育的宋美龄在多数方面都更像一个美国人。她经常参加蒋介石的各种会议和宴会，既是第一夫人，又是蒋介石的私人秘书，于公于私，都是蒋介石须臾不可离开的人，即使是在一些军事行动中也与其形影不离。艰苦的行军条件，对在优裕的环境中长大的宋美龄，无疑是严峻的试炼，但她表现出了极大的忍耐力和吃苦精神。

“西安事变”时，宋美龄正在上海治病，知道消息后，她立即赶回了南京。对于丈夫被软禁，她追悔莫及：“年内，委员长出巡各省，余必相随，此次独因病未果，深觉怅然。盖余每自信，倘余在西安，局势当不致恶化至此。”“西安事变”期间，宋美龄就是从憩庐出发，奔走于中山东路的孔祥熙公馆、北极阁的宋子文公馆、汉口路的何应钦公馆等处，周旋于国民党各派之间，商量营救丈夫的对策，其胆识和英武可敬可叹。当时的情况相当危急，张学良、杨虎城和共产党态度不明，何应钦等人又要“武力讨伐”，蒋介石的政治对手汪精卫也在积极准备回国取蒋代之，蒋介石的处境很不妙，他捎给宋美龄的信已经近乎遗书了：“余决为国牺牲，望勿为余有所顾虑。余决不愧对余妻，亦决不愧为总理之信徒。余既为革命而生，自当为革命而死，必以清白之体还我天地父母也。对于家事，他无所言，惟经国、纬国两儿，余之子亦即余妻之子，望视若己出，以慰余灵。但余妻切勿来陕。”宋美龄在让宋子文面呈蒋介石的回信中说：“如果三日之内子文不回南京，我必定到西安跟你生死共存。”看到这两句，连蒋介石这样的人都感动得流下了眼泪。后来，宋美龄偕宋子文和外籍顾问端纳到了西安，飞机即将着陆时，她从包里掏出一把手枪交给端纳，请求他在她遇到危险时先开枪打死她，以免受到侮辱。最后在宋美龄的劝说下，蒋介石接受了和谈建议，最终化险为夷。1936年12月26日，蒋、宋夫妇飞回南京，国民党中央政治会议代主席林森“率领”在京的国民党中央委员会、各院部会首长、陆海空军及各省省长驻京代表两千多人在大校场机场迎接。大批民众则自发在明故宫机场迎候，蒋介石遂决定巡游首都，然后回黄埔路军校官邸休息。下午，党、政、军要人争先恐后地到憩庐向蒋介石请安问候，一时间官邸门前车水马龙，航空委员会甚至派出飞机飞至憩庐上空盘旋致敬，热闹地庆祝了一番。

十年内战终结、第二次国共合作形成、抗日民族统一战线建立，都以“西安事变”的和平解决为契机，宋美龄于其中所起的作用不可低估。“西安事变”和平解决后，蒋介石、宋美龄的合影出现在美国《时代》杂志的封面上，成为“新闻人物伉俪”。连当初坚决反对妹妹嫁给蒋介石的宋庆龄也对埃德加·斯诺评价蒋、宋两人关系说：“开始并没有爱情，但是我认为现在有爱情了。美龄真诚地爱蒋，蒋也真诚地爱她。”宋美龄后来虽然在外交和政治上出尽了风头，但蒋宋王朝后来还是走了下坡路。

到了1948年下半年，国民党政权岌岌可危，蒋介石准备下野，11月宋美龄访美争取外援，行前曾对侍卫长俞济时说：“将来离京时，官邸家具，照旧放置，不可搬动。”他们对未来已有所预料。1949年1月21日上午10时，蒋介石赴美龄宫凯歌堂默祷，中午在黄埔路官邸邀请中央五院院长聚餐，下午邀请国民党中常委座谈，宣告引退，下午4时在明故宫机场起飞去杭州，转奉化溪口。后来蒋介石曾到京沪防线督战，也曾在南京做短暂停留，不知是否住黄埔路官邸。蒋介石最后离开大陆是1949年12月10日，从成都凤凰山机场飞台北，从此永远离开了家乡，永远离开了“首都”。宋美龄后来则是直接从美国飞到了台湾，她访美前对俞济时的交代可谓及时。

国民党国防部大院后来被解放军接管，成为解放军华东军政大学的校园。刘伯承到南京创办军事学院，这里成为“中国人民解放军军事学院”的校址，憩庐成为刘伯承的住宅和办公楼。再后来，这里成为华东军区和南京军区的驻地，憩庐成为军区首长的办公地。由于憩庐一直在作为军事重地的大院中，外人很难见其真容，其知名度一直不高，但在国民党要人的回忆录中，它倒是经常出现。一般人所熟悉的蒋介石和宋美龄的官邸是美龄宫和陶庐，虽然他们很少在那里住。

美龄宫

美龄宫算得上是南京最富丽堂皇的官邸，1991年曾被国家建设部、国家文物局评为近代优秀建筑；1992年被南京市列为文物保护单位，2001年7月升格为国家重点文物保护单位——在南京，官邸被列为全国文物保护单位的，美龄宫是唯一一个。

据说是宋美龄吹了枕边风，蒋介石于1930年秋正式向总理陵园管理委员会提出“拟借陵园小红山建筑别墅”，供蒋介石和宋美龄谒陵中途小憩之用。小红山在明孝陵以东，林海苍茫，环境清幽，是建造别墅的绝佳地点。

1930年10月24日，陵园管理委员会召开第24次会议，孙科主持，决议“照办”。1931年春，小红山官邸由南京市府工务局局长赵志游亲自设计，技正陈品善主办。当时预算造价为261 410元。3月7日，赵志游写信给陵园管理委员会说：“主席小红山官邸敝局计划就绪，亟待兴工，所有该处基地内房屋自应先行拆除，以利进行，相应函达，请烦转函贵会警卫处迅饬现住小红山房屋之一部分警卫即日迁移，以便拆除兴工。”1931年冬，官邸工程全面开工，由新金记（康号）营造厂承造。

美龄宫后来的造价远远超出预算，达到36万银洋，多遭非议，以至于一度停建，拖到1934年才竣工。建成后的美龄宫占地120亩，建筑面积两千多平方米，四周花木隐映，鸟语花香。入口设门卫用房，进入后便是橄榄形环状车道。建筑设计中西合璧，主体建筑耸立在小红山的山顶，建筑骨架为钢筋混凝土结构，体形近似“凸”字，建筑外观仿传统清官式建筑做法，高大巍峨，极富民族气韵，中国宫殿式的大屋顶上覆盖绿色琉璃瓦，前后门廊与腰檐亦用琉璃瓦顶相配合，在阳光映照下，流光溢彩，耀人眼目。墙身用现代手法，贴黄色面砖，并用长方形钢窗，下为条石基座，周围平台及栏杆均用石制；内部则用木装修，木花纹装饰，做工精致。从空中鸟瞰，美龄宫恰似带蓝宝石坠的珍珠项链，去主楼的盘山公路是珍珠串，蓝宝石即是主楼，主楼屋顶的绿色琉璃从空中俯看起来呈蓝色。这一创意据说是宋美龄提出来的。

官邸坐南朝北，上下左右曲折盘旋，豪华精致而又庄重典雅，凭窗眺望，皆成画景。主楼为地下一层地上三层。地下室东部为职员用房，西部为厨房。地面第一层是接待室、衣帽间、秘书办公室、卧室、配膳房、厨房、洗衣室、卫生间、服务用房等。二层是会客室和休息室，设有大厅、客厅、大饭厅、配膳房、书房、秘书室等。出大厅是一个开阔的“凸”字形平台，可供露天活动之用，喝茶下棋，亲近自然。更有特点的是周围的栏杆，用清式汉白玉雕琢而成，共34根，每根立柱上都雕有一只凤凰。宋美龄1897年出生，1930年提议建这座别墅时正好是34周岁，34只凤凰正寓此意。也正因为如此，有人认为“美龄宫”是一座女性建筑。别具特点的还有南边门廊天花板上的蓝底云雀琼花图案，精美典雅，据说是画家陈之佛的设计。

三楼为居住部分，有客厅、四间大卧室及小餐厅、厨房等。室内陈设考究，地上铺有紫红色地毯，墙上挂着名人字画。客厅后来被改为祈祷室，称为凯歌堂，语出《晋书·乐志上》：“其有短箫之乐者，则所谓王师大捷，令军中凯歌者也。”礼拜堂取名“凯歌”也算中学西用吧。蒋介石从小跟母亲王采玉礼佛，长大后崇尚宋明理学，与宋美龄结婚后又信了基督，可谓不中不西。据说每周日上午，蒋介石、宋美龄同政府高级官员中的基督徒都要到凯歌堂做礼拜。司徒雷登和马歇尔也曾到凯歌堂做礼拜，有关美国援华事宜及与共产党谈判的对策等，往往在礼拜前后进行协商。

南京沦陷前，大概是怕日本飞机轰炸，美龄宫整个被刷成了黑色。因为当时南京没有多少高大的建筑，留在南京的德国人拉贝，可以从他位于金陵大学的小桃园住所的阁楼上远眺美龄宫的灰墙蓝瓦，但这一次他发现那座著名的建筑变了颜色，《拉贝日记》中1937年10月17日的日记对此有记载："位于小红山的主席官邸还从来没有人住过，它从下到上刷成了黑色，看上去真可怜。"堂堂中国首都的主席官邸那副模样也真够可怜的。

美龄宫最早的名称是"蒋主席小红山别墅"，后来称为"南京主席公邸"、"主席小红山官邸"、"主席小红山公邸"、"国民政府主席官邸"等等。因为宋美龄二十世纪三四十年代经常在这里做礼拜，并不时和蒋委员长在这里小住，民间称之为"美龄宫"，倒也简洁上口。"文化大革命"期间，"美龄"也成了名讳，公共汽车站的站牌也由"美龄宫"改成"梅龄宫"，到二十世纪八十年代初期才又恢复"美龄宫"的名称。房犹如此，人何以堪？白崇禧之子白先勇重访故国"首都"，参观美龄宫，回忆当年宋美龄的绰约风姿，对比眼前物是人非、人去楼空的景况，曾有"宫花寂寞红"之叹。对于绝大多数人来说，来到这座官邸，想起来的第一个人大概还是宋美龄罢，以女主人的名字命名公馆，有内容，好记，这种房子与人、人与房子之间的联系恐怕任何人都是改变不了的。

美龄宫现在是南京一处著名的旅游景点，原来的凯歌堂、餐厅、蒋介石办公室、宋美龄卧室仍照原样布置，卧室的桌上放着女主人的照片，旁边的花草青翠欲滴，仿佛她仍住在这里，只是这会儿正在做礼拜或是在前面的大露台上闲坐……可是这一切，只能是“仅供参观”而已。

蒋介石和宋美龄在全国一些主要城市和风景度假地都有自己固定的住所，如庐山的美庐、西湖的澄庐、重庆陪都的曾家岩官邸、青岛八大关的别墅等，到了台湾是士林官邸，其内还仿美龄宫设有“凯歌堂”。但每个人最后的住所或房间都大同小异，要么是墓穴和棺材，要么是骨灰盒。1975年4月5日这个中国传统的清明节，蒋介石在台湾去世。宋美龄和蒋经国遵蒋之遗嘱，暂停蒋之“灵柩于慈湖，以待来日光复大陆，再奉安于南京紫金山”。慈湖是蒋生前选择的另一块墓地，在距离台北60公里处的大溪镇福安里村。蒋介石之所以选择这里，是因为这里的风景很像他的故乡奉化溪口。蒋把他母亲在溪口的墓地旁的房子称为“慈庵”，而将这里建起的四合院式的“行宫”起名为“慈湖”。他生前常来此小住，并嘱死后灵柩暂停于此，思乡之情于此可见。他的后人一直到现在还在为他下葬大陆而努力，苦于没有结果，蒋介石的棺木因此至今仍悬在慈湖的灵房里。

抗战胜利还都南京后，蒋介石曾亲自在紫金山南麓为自己选择了一块墓址。这里靠近中山陵，地势比朱元璋的明孝陵高，比中山陵低，因为蒋介石自觉要比明代开国皇帝朱元璋高明，但又要尊重孙中山先生。后来在这块墓址上建了“正气亭”，孙科写了亭记。“正气亭”三字为蒋介石亲书，阴刻在正面横眉上，取“养天地正气，法古今完人”之意。该亭面临紫霞湖，背依紫金山，左上紫霞洞，右下观音洞，东邻中山陵，西毗明孝陵，湖光山色，是不可多得的好去处。但是，蒋介石大概是回不来了。

女主人宋美龄后来移居美国，106岁去世，活得比一般房子还要长。1981年，二姐宋庆龄病危之际，宋美龄拒绝了中华人民共和国政府的回国邀请，未能与她的二姐见最后一面；到了晚年，她更以宗教为“引导”，在百岁寿宴上对身边的亲友说：“这一切都是上帝的恩典，我内心是真正的快乐！”她离开南京一晃已经半个多世纪了，假如她生前有机会再来“旧都”，到她的憩庐、陶庐、美龄宫看看，不知她会有怎样的感想。横跨了三个世纪的她，经历了那么多，以她基督徒的胸怀，可能连沧桑感都不会有了吧。

拉贝故居

对于抗日战争沦陷时的南京难民来说，广州路小桃园10号（现在的小粉桥1号）无疑是一块福地，当时这里是南京安全区国际委员会主席拉贝的居所，他收留和帮助了大批难民，大量的中国男女在这个德国商人的家中躲过了那场劫难，这位洋人也因此被当时的南京人称为“活菩萨”。

约翰·拉贝1882年11月23日出生在德国汉堡，早年丧父，初中毕业后就离开了学校，到商行和公司打工。1908年，拉贝来到了北京，先在一家汉堡的公司工作，后转到著名的西门子公司，并在北京与他青年时的女友多拉结婚。拉贝先后出任西门子北平和天津分公司经理，1931年调任西门子南京分公司工作。这时的南京是国民政府的首都，正在进行新首都建设计划，因此市场前景看好。加之蒋介石国民党政府与德国政府当时正处在外交的蜜月期，聘请了许多德国军事和经济顾问，德国顾问团和当时在南京的六七家德国公司组成了一个“德国社会”，他们甚至模仿柏林城把南京的广场和街道用德语命名，比如新街口广场被称为波茨坦广场，不少中国人也以这样称呼为时尚。这种德国气候也给了拉贝的生意不少方便。

1931年11月2日拉贝到了南京，先住在下关临时租的简陋的房子里。1932年夏天，拉贝和金陵大学农学院院长谢家声签订了一份租房协议（这份协议现保存在南京市房产局），根据这份协议，谢按照拉贝的要求在小桃园10号建一所集办公和居住于一体的房屋租给拉贝。建成的这所房子占地面积2.8579亩，约1 905平方米，是一座西式砖木结构的楼房，四坡顶，红瓦屋面，乳白门窗。后面有一个花园，与金陵大学北园生活区相连。拉贝在小桃园居所的围墙大铁门上挂起了西门子南京分公司的招牌。阳光可以透过升降式的大窗户一直照到宽敞的客厅中，客厅的墙上挂满了拉贝年轻时候在南非的森林中猎获的兽角和漂亮的动物皮毛。二楼是拉贝的书房和卧室。顺着二楼楼梯向上是一个小阁楼，在小阁楼上可以看到全城，一直可以看见中山陵的蓝瓦灰墙。在院子后排的平房中还办有一所德国学校——为了争取经费，拉贝甚至加入了纳粹党。

拉贝和周围的邻居也很快熟了。对门是一个裁缝铺，裁缝是父子俩，拉贝的西装和内衣就在这里定做；还有一家父子皮鞋店，能做德国式的皮靴，老鞋匠总喜欢和拉贝讨价还价，常惹得拉贝不想理他，遗憾的是他手艺好，拉贝还是得去他店里做鞋。旁边还有一家牛肉店，有拉贝喜欢的小牛肉，拉贝的厨师把它烤成香喷喷的德式牛排。据《拉贝传》的作者黄慧英女士调查，鞋匠和裁缝的儿子仍住在小粉桥一带，他们在南京沦陷期间都曾在拉贝的院子里躲避，对于拉贝和拉贝的房子，他们自然是记忆犹新。在这里，拉贝度过了将近七年生活安定、生意兴隆的时光。

寒冷的冬天，拉贝和亲友围着壁炉谈天说地，他在北京工作的女儿有时带着外孙女来看望父亲，活泼可爱的小姑娘时常让外公禁不住放声大笑。拉贝的外孙女莱因哈特曾三次来南京和外公团聚。她已记不清第一次来南京是哪一年，只记得是某年的圣诞节前夕，外公亲自动手为她装饰圣诞树、画圣诞卡，她则快活地支使外公干这干那，外公一一遵命。第二次来南京，她在外公的花园里看到一只猫带着两只可爱的小猫，外面突然冲进来一只狗，咬死了小猫，她既害怕又伤心。1937年夏天第三次来，外公为她过6岁生日；6月25日，外公最后一次为她拍下了一张照片。外公的房子和花园无疑是她快乐的天堂。但这一切很快就被打破了，"恶犬"冲了进来。

1937年8月底，日军侵占上海后，开始用飞机对民国首都南京狂轰滥炸。南京沦陷成了迟早的事情，外国侨民纷纷撤离南京，拉贝也面临着去留的问题。"今天在善待了我30年之久的我的东道主的国家遭遇到了严重的困难，富人们逃走了，穷人们不得不留下来，他们不知道该到哪里去，他们没有钱逃走，他们不是面临着被集体屠杀的危险吗？我们难道不应该设法帮助他们吗？至少救救一些人吧？假如这些都是我们自己的同胞呢？"（约翰·拉贝：《拉贝日记》，南京：江苏人民出版社，

2015年）正是基于这些朴素的想法，拉贝在南京沦陷前后扮演了一个不平凡的角色，并开始了他的战时日记，记录下了日本人在南京犯下的累累罪行。正如当时德国驻华大使埃尔温·维克特在《约翰·拉贝其人》一文中所说的："如果约翰·拉贝没有在半年的时间中，一边兼顾洋行的日常业务，一边将个人的安危置之度外去拯救25万中国人，那么以上介绍的生平就是一个普通海外商人的生平，没有什么不同凡响，也没有什么惊天动地之处。"但也正是在那人兽颠倒的黑暗岁月里，拉贝的人格和善心放射出了夺目的光辉，也反衬出动乱年代的种种丑行和罪恶。在我的印象里，外国人对中国人的感觉是不怎么好的，从外国传教士开始进入中国的那天起，西方人似乎就认定中国人狭隘、自私、目光短浅，还有不讲卫生。拉贝前后在中国生活了三十年，并且亲身受惠于中国人民，从中国人——特别是下层人民的身上，这个善良而又诙谐的德国商人还是看到了坚韧和善良。

日军对南京轰炸伊始，拉贝就在小桃园10号的院子里修了一个防空洞，还在院子里撑起了一块长6米宽3米的帆布，在帆布上画了一面德国国社党党旗（为了在南京办德国学校，拉贝加入了纳粹党，至于纳粹党后来是怎么回事，他是不知道的，政治这个东西常常让善良单纯的人头晕）。这个防空洞接纳了不少他认识和不认识的中国人。他坚持让抱着婴儿的妇女优先，坐在防空洞的中央，其次是带着较大孩子的妇女，最后才是男人，而他本人常常只能留在外面。一个肥胖的国民政府的公务员经常挤占中间的好位子，拉贝不得不用德文、中文和英文写了一张《致我的客人们和本洋行成员的通知》贴在防空洞口，申明违反妇婴优先原则者，将不得再使用防空洞。1938年9月22日的日记记载："除了来我处做客的克莱因施罗特外，在我的防空洞里蹲有约28个中国人，其中我认识的还不到14人。在我认识的人中有一个邻居鞋匠，在和平时期我与他对鞋子的价格从不能取得一致意见，因为他总是把自己返还给用人的扣头计算在内，可是我只是睁一只眼闭一只眼。"作为一个商人，拉贝的眼里不揉沙子，但是此时此地，商业原则和个人恩怨已经退居次要位置，来拉贝家躲避空袭的人越来越多，小桃园10号后来成了"西门子难民收容所"。

随着形势的发展，南京显然已经守不住了，国民政府以及各个部门纷纷撤离南京，对于当时的南京市民来说，无论是国民党还是共产党他们都指望不上了，留在南京的二十几位外国人自发担负起了保护难民的任务。他们成立了一个国际委员会（主要由金陵大学鼓楼医院的美国医生和在金陵大学任教授的传教士组成），委员会试图建立一个难民区，即位于城内或城外的一个中立区。一旦城市遭到炮击，非战斗人员可以躲避到那里去。拉贝被推举为南京安全区国际委员会主席。除了拉贝外，美国的斯迈思博士、贝茨博士和里格斯（三人均任教于金陵大学），美国圣公会的马吉牧师，美国长老会的米尔斯牧师，美国基督教青年会的乔治·菲奇，在金陵大学鼓楼医院工作的特里默，德国的施佩林，礼和洋行的克勒格尔等安全区国际委员会的成员在南京沦陷期间留了下来，中国人实在是不应该忘记这些名字的。当时划为安全区的位置东至中山路，北至山西路，西至西康路，南至汉中路。南京安全区国际委员会的总部设在宁海路5号，自此，拉贝冒着枪林弹雨奔波在小桃园公馆和宁海路之间，与中国政府、日方，甚至德国政府交涉有关南京安全区国际委员会的事宜，为保护受苦受难的中国人几乎做尽了他所能做的一切。每天晚上，拉贝都要在灯下写他的战时日记。

随着南京的沦陷，为了安置越来越多的难民，拉贝公馆的院子里又加挖了防空洞，搭起了草棚。从那时留下的照片看，拉贝的院子里本长满了茅草，但是现在"再也长不出一根草，美丽的矮树篱很快被踩坏了。在那么多人的人堆里简直是不可避免的。现在没有人再会注重美，人们要的是活下去"。(《拉贝日记》1938年1月2日)最多时，在拉贝这里避难的有多达六百多人。而且，新生命还在不断地诞生，就在拉贝公馆院子的草棚里，一个男婴和一个女婴先后在两个晚上出生。"不能为产妇提供别的栖息之地，我真感到惭愧。没有医生，没有接生婆，没有护士能帮助这些妇女；没有包扎用品，没有襁褓，只有几块肮脏的破布，这就是父母为新生儿留下的全部东西。我送给两对夫妇每对10元，为女婴取名多拉，男婴约翰尼，非常有趣！"(《拉贝日记》1937年12月30日)"约翰尼"和"多拉"是拉贝和他夫人的爱称，这大概是拉贝觉得"非常有趣"的原因，战争时代人与人之间的这种关爱和温情是让人没法不感动的。

拉贝公馆正在安全区的最东南角，绝对安全是不可能的，拉贝不在家时，这里曾遭到日本兵的抢劫和骚扰。拉贝1938年1月在给妻子的信中说："……我整天都在总部，即国际委员会的办公室里为难民区工作，这里离德国大使馆不远。当然我还是住在小桃园的家里，在这里我已经挡住了日本兵的骚扰恐怕有100次了。"就在拉贝门前不远，一名中国士兵横尸大概6个星期之久，在拉贝的多次交涉之下才终于下葬。1937年12月19日，6个日本兵翻过围墙进入拉贝院中，拉贝用手电照着其中一个，他拔出手枪对准拉贝，但看到拉贝举到他面前的"卐"字袖章，不得不放下枪，要拉贝开门放他们出去，被拉贝严词拒绝，因为他觉得"院子的大门是不能给这些匪徒们打开的"，日本兵只好再爬墙出去。更让拉贝担心的是日本兵跑到楼上去，因为那里藏着中国伤兵。

在南京沦陷前曾有两名中国官员躲在拉贝的公馆里，"他们的箱子里装满了钱，他们在许多场合都给我的用人小费，小费超过了正常标准"。这两个人后来从这里偷偷去了香港，拉贝说："我不想再见到这两个人。"(《拉贝日记》1938年2月15日)很显然，在拉贝面前，这两名政府官员给中国人丢了脸。拉贝还冒着极大的危险在楼上藏了几名中国军人，其中一名还是一位机长，击落过多架日本飞机。后来在拉贝的帮助下，这些中国军人安全离开了南京。

1938年新年到来的时候，西门子难民收容所的难民们在院子里排着整齐的队伍向拉贝行三鞠躬礼，并敬献一块条幅，上面写着："你是几十万人的活菩萨。"对受尽凌辱的中国难民来说，“活菩萨”无疑是最高的评价了。在南京沦陷的最黑暗的两个多月时间内，拉贝和安全区国际委员会的“活菩萨”们救助了二十多万难民。

1938年2月底，拉贝奉调回国。拉贝回国后，难民们仍在院内，直到1938年6月间才陆续离去。拉贝回到德国后，连续发表演讲，揭露日本在中国犯下的滔天罪行，为此遭到德国法西斯的迫害，被勒令保持沉默。晚年的拉贝生活非常凄惨，南京得知情况后，于1948年初成立了救助拉贝劝募委员会，向银行、大商店、地方慈善机构和当年受救助的市民劝募。当年受拉贝救助的市民尽管在战乱中自顾不暇，但还是纷纷伸出了援助之手。不久便募到一亿元，经国民党中央批准，兑换美金两千元，辗转汇给了拉贝。但由于战后柏林状况恶化，口粮不足，有钱也难买到食物，拉贝在自己的国家也深受战争之苦。当时的南京市市长沈怡得知情况后，派人以最快的速度在瑞士购买奶粉、香肠、茶叶、咖啡、牛肉、果酱、奶油等食品四大包寄给拉贝。后来拉贝回信说：“吾人惟有收集野果等，以为儿辈加汤。鄙人等均则赖于枯之面包与汤糊度日，最近连面包亦颇难得到。马铃薯与鄙人等已绝缘矣。此处艰难之境，阁下当能臆想，苟阁下亦如身负一家八口生活之责如鄙人者，于获得食物包裹之时对于鄙人所具之意义如何矣！”沈怡接信后，怀着知恩必报的心理，决定从1948年6月份按月寄赠拉贝食物一包，使拉贝在晚年得到了极大的安慰。1950年，南京难民的大恩人拉贝因中风在柏林去世。

时间也就是过去了几十年，好了伤疤忘了痛，拉贝故居已经很少有人知道，变得破败不堪，并预备拆除。直到《拉贝日记》被发现，这座建筑才受到了重视。当时拉贝在安全区国际委员会的同事马吉牧师拍摄的关于南京大屠杀的纪录片也被发现，有人要出高价购买胶片，但被马吉牧师的后人拒绝，胶片被无偿捐献给了南京，人类的良知取得了暂时的胜利。1997年3月28日，中国中央电视台介绍了小桃园10号（现小粉桥1号）这座具有特殊意义的建筑，使这幢原本决定拆除的房子最终保留了下来。1997年清明节，拉贝的墓碑由德国运到了南京大屠杀纪念馆。9月，拉贝的外孙女莱茵哈特女士回到阔别了半个多世纪的南京。站在熟悉的外公的房子前，莱茵哈特女士流下了眼泪。

我后来去小粉桥拍这座房子的照片时，它依然是很破败的样子，门窗紧闭，据说早就不允许住人了，但是二楼的阳台上分明还晾着衣服。我跟门前卖茶叶蛋卖盒饭的人打听这所房子的情况，他们很警觉的样子，不肯回答我的问题。

再后来，小楼终于修饰一新。拉贝当年是西门子的人，纪念馆里既有很多关于拉贝的图片资料，也有不少是有关西门子的。让西门子出点钱，倒也不冤。

桂林石屋

国民政府主席林森在“首都”的公馆和别墅竟然都没有留下来。林森的公馆据说在石板桥，但据《首都志》记载，“石板桥”的地名在1935年前后即已废弃不用，查阅当时有关材料，其位置应是在南京国民大会堂(今人民大会堂)的所在地，离国民政府所在地(总统府)也近，林森无论到总统府内的“子超楼”(林森字子超)办公，还是到国民大会堂开会，都方便得很。如今石板桥一带已经被建国初期建立的南京卷烟厂覆盖，当年的林公馆已经无迹可寻。

当年的林森当然是十分了得的人物。但因为他对世事人生的淡漠态度，好也好不到哪儿去，坏又坏不到哪儿去，时间长了，容易被人忘记。他1867年出生于福建的商人家庭，像那个时候许多大家庭的孩子一样，先旧学，后西学。1905年加入同盟会，1912年南京临时政府成立，孙中山是临时大总统，林森已经是临时参议院的议长。孙中山护法军政府时期，林森出任外交部长。1921年，孙中山在广州任非常大总统，林森以非常会议议长身份向其授印。1924年国民党一大，林是中央执行委员。1928年初当选南京国民政府委员，10月，国民政府实行"五院制"，林森出任立法院副院长；1931年初，因院长胡汉民被蒋介石软禁，递升为立法院院长。1931年12月宁粤纷争结束，国民党四届一中全会在南京召开，林森被选为国民政府主席，次年就职，成为"行政一把手"。但因为有永远不肯做第二的蒋介石，林森虽任国府主席，也仅为虚衔的国家元首，政府五院院长并不对其负责，林森自嘲为"监印官"。在政治生活方面，林森追求淡泊宁静，不介入国民党的权力和派系之争（否则蒋介石也不会选择他），林公馆与其他国民党达官贵人的公馆相比也就显得有些冷清。在家庭方面，林森是孤身一人。林森1890年结婚，夫妻感情甚笃，但仅三载，夫人郑氏病逝，林森矢志独身，终身未续弦，也从来不曾有过绯闻。报刊上曾盛传他有一神秘的手提箱，随身携带，内装夫人郑氏的遗骨，林森每晚必抚之再三方能入睡。公馆内除卫兵外，也只有三四个用人，林森平时也不请客，烧饭做菜也是用人张罗。即使是做了国民政府主席后，林森的日常生活也较为随便，依然习惯于青布长袍、布鞋布袜，留着山羊胡子。我看到的林森的多幅照片，都是这副模样。

林森平时就在院子里侍弄花草，这种安静的公馆生活倒也逍遥自在。每当国民政府新内阁成立，内阁全体成员照例要到林公馆参拜主席，这大概是林公馆最热闹的时候。1933年汪精卫内阁成立，过了很长时间才想起要参拜国府主席，率全体内阁成员到石板桥林公馆；林森故意避而不见，然后又突然回拜，弄得汪院长十分难堪。林森作为国民党德高望重的元老，毕竟也有国府主席的名分，脾气还是有的。对于林森，就算是蒋介石，面子也是给得很足；连蒋介石都那么给面子，即便只是面子，那感觉也挺好。

林森平时喜欢收集古董字画，经常轻车简从到夫子庙的古董店逛逛，时有收获，因此公馆的墙上满是字画，架子上也摆满了古董，其中当然不乏赝品。友人调侃他说："您买的这些古董字画，恐怕不少是假的吧？"林森风趣地回答："再过几百年，就都成了真的了！"像林森这样的老头，一般都有点可爱，有点酸当然也无法避免。除了收集古董字画，他还喜欢游山玩水——寄情山水是逃避现实的古老传统。再写点闲情逸趣诗，如他的《柳阴垂钓》："闲来垂钓柳阴边，好趁斜阳雨后天。碧藻重重鱼队队，清风拂拂水涓涓。静看濠濮生机活，默念尼山道力坚。一曲渔歌一篇咏，归来看我也如仙。"据说这首诗当时很有名，其实也没有什么新意，林森的地位、处境和处事风格是主要原因。当然，收集古董和游山玩水都需要钱，林森在全国不少地方都建有公馆别墅，这哪是平常人能玩的。

除了石板桥的公馆外，林森在南京最著名的住处是桂林石屋。这幢别墅建在中山陵以东，灵谷以西的高阜上，因周围遍种桂花而得名。在这种地方盖别墅，不是一般人可以想象的。蒋介石蒋委员长当初盖小红山官邸，也是要先打报告，费了不少周折；林主席可以例外，他不犯嫌，连蒋介石也不会去说他。

该建筑由总理陵园的工程师杨光煦设计，于1933年6月完工。许多建筑材料都是就地取材，紫金山上不少废弃陵墓的旧石料都被砌进了墙体。在一些小的方面，林森也因地制宜做了精心的设计：如将两块明代墓碑的碑额砌进了正门的南墙；在屋内屋外的一些地面上，用他喜欢的雨花石拼砌了一些梅花图案；在石屋的东西两角，用旧龙头修了两个滴水漏。因此，石屋虽只是两层小房，却简朴别致，坚固实用，而且省钱，与周围的环境也颇和谐。在石屋东面约20米处的陡坡上建有一大一小两个水池，雨水先经过小池过滤后，再蓄进大池，以为日常备用。想当年，这处别墅也算得上一座环保建筑。

我去桂林石屋正是金桂飘香的季节，天青云淡。走过中山陵、孙科公馆、中山书院、孙中山纪念馆、藏经楼等建筑，山路越来越幽静，一个游人也看不到。又绕了几个弯后，终于看到一扇木栅栏门，门额上隐约可以看到“桂林石屋”四个字。进门爬过一段山坡，隐隐闻到阵阵桂香。循着桂花的香味来到一块较为平坦的地方，有一座亭子，亭下设有石桌石凳。扭头看，对着亭子的山坡上，一处断垣残壁悚然进入视野。朝着断垣残壁再爬170级台阶，看到了桂林石屋的说明牌，中英文对照，中文如下：“桂林石屋原为民国政府主席林森的别墅，建于1932年，由广州市政府捐建。石屋分两层，用青龙山石砌筑，四周遍植桂花，故名桂林石屋，屋前有170级台阶通往山下。屋后有虎皮石砌大明沟，防山洪下泻。抗战期间石屋被毁，尚存半壁框架。中山陵园管理局拟于2000年恢复这一民国建筑。”因为只是“拟”“恢复”，至今仍是残垣断壁，供人想象石屋当年的规模、结构和风格。旁边的石坡上还有张人杰（张静江）题的“桂林石屋”四个大字。从桂林石屋的遗迹也可以看出，石屋依山而建，正面看去似乎只有一层，第一层大半在地下。当年楼上是正屋，有林森的卧室，以及餐厅、浴室、客房、阳光室，楼下是厨房和杂物间。如今，剩下的几乎全是石头，能拾掇走的这么多年早已拾掇走，连一些露出来的钢筋也被人锯走了，这也是绝大多数“遗迹”的共同命运。

据说当年林森经常在这里住。他追随国父孙中山多年，桂林石屋靠近总理陵园，这可能是他喜欢住在这里的原因之一。这里风景绝佳，静谧幽美，远离人为的噪声，有的是风声、蝉噪和鸟鸣，以桂林石屋主人对政治、对社会人生的态度，住在这儿，内心与外景互相吁求安慰，那感觉是再好不过了。

修公馆别墅对于主人来说，当然是好事。但南京有一种迷信的说法，叫“在官不建衙”，意思是为官者在自己的任上不宜新建衙署。太平天国洪秀全定都天京（南京）后，建起了规模宏大的天朝宫殿，结果在天京沦陷前，饿毙在宫中；清两江总督曾国藩烧毁天朝宫殿，重建两江总督府，结果死在了督府花厅。建都南京的多为短命王朝，这种机率当然就比较高了。林森在自己的任上修建了国府主席的办公楼，结果也不好，客死在他乡。1937年，林森随国民政府西迁重庆，桂林石屋毁于日军炮火。1943年5月，桂林石屋主人林森在重庆遇车祸受伤，一病不起，8月1日在重庆谢世，没有能看到炸了他钟爱的桂林石屋的日本鬼子投降，回桂林石屋凭吊的也只能是他的魂灵了。抗战胜利后，林森的同乡、生前好友，亦是国民党元老的吴铁城为纪念他，曾将林森的遗物陈列在林森石板桥公馆，不知其中有没有那只神秘的箱子。

我那次离开桂林石屋时已是黄昏，山风阵阵，桂林石屋的断垣残壁发着青白的光，让人觉得分外凄清。回来的半路上下起了雨，雨打在我身上，也打着没了屋顶的桂林石屋。

陈立夫、陈果夫公馆

2003年12月30日，陈立夫之子，台湾立夫医药研究文教基金会董事长陈泽宠先生与夫人林颖曾女士来南京故都寻访故居，我陪同前往。在前去的车上，我见到他们夫妇：陈先生中等身材，微胖，风度儒雅，一直微笑着；林女士则活泼而诗性，有她，才有那样欢快的气氛。在陈先生安静的微笑后面不知有着怎样的情感波澜——离开南京这个留下他无数童年记忆的家已经快六十年了！而林女士则生长在台湾和国外，马上可以第一次见到她先生小时候生活过的房子，也许是有点兴奋，但更多是用心在努力体会着先生的心情。

在民国历史上，陈先生的父亲陈立夫和伯父陈果夫兄弟是大名鼎鼎的人物，两人为国民党的党务和组织立下了汗马功劳，当时有“蒋家天下陈家党”之说。两兄弟出生在浙江吴兴的士绅家庭，祖父经商，其父陈其业（字勤士）是清末府学廪生，于乡间授业，后为国民参政员、全国工商联常务理事。他们的两位叔父陈其美、陈其采都为资产阶级民主革命做出了重要贡献，而以陈其美最有名，曾享有“民国一代豪杰”的美名，蒋介石与其义结金兰，称其为“盟兄”。陈其美被刺杀后，陈果夫、陈立夫兄弟成长起来，到蒋介石执掌民国党、政、军大权之时，二陈兄弟也进入了国民党权力中枢，掌握民国的人事和组织，成为民国时代最有名的兄弟。大陆有所谓“蒋、宋、孔、陈”四大家族之说，“陈”说的就是陈氏兄弟，陈家实际上与其他三家有着很大的区别。国民党内部派系林立，二陈被认为是CC政团的首领，多受攻击，但与国民党许多玩忽职守、贪污腐败的达官贵人比较起来，他们简直算得上是为官清廉，而且颇有政绩；二陈兄弟虽然也掌控着国民党庞大的官僚资本，却并不侵占贪污聚敛私财，在这一点上与其他官僚资本家有着本质的区别；与陈布雷这样的“客卿”也不同，作为打天下者能做到谦抑而不骄奢，更为难能可贵；更为重要的是，二陈兄弟，特别是陈立夫执掌民国文化教育多年，对文化发展和教育事业贡献颇多；陈立夫退出政坛后，更加潜心于中国传统学术文化的研究，颇有建树，并主张以中华文化统一中国，力促两岸和平统一，赢得了人们的尊敬。

陈家两兄弟感情甚笃，一起在首都南京做官，也同住在一个院子的公馆里。两兄弟的公馆并排而立，位于今常府街30号。此处公馆建于1934年前后，当时陈果夫任江苏省政府主席，陈立夫任国民党组织部副部长、部长。

公馆是在当时的常府街仁德印刷厂后面的空处租地建起

的花园式庭院住宅，总占地面积约3 085平方米，计有8幢77间，建筑面积两千多平方米，庭院面积近1 000平方米，四周种植了高大的刺槐和梧桐树。院门是一宽3米高4米的铁花格大门，大门口设门房，与门房并立的是一砖木结构的三层坡顶楼房，为秘书和警卫人员的居所。进门有水泥路通向两座主楼。两座主楼均为坡屋顶、砖木结构，西面的一幢为三层，东面的一幢为两层，陈立夫因家庭人口较多住三层的一幢，陈果夫家庭人口较少住两层的一幢。门前是大块的园地，中间还有一小池塘，院子里种植了花草、瓜果。陈果夫曾在1936年7月的一则日记中写道："园中瓜果生长迅速，逐日改观，家人顾而乐之，每日必望一次，此中生气与情感，惟乡间有之，城市中人，罕知享受。"这种城市中的庭院生活，当然不是一般人所能享受到的。两幢主楼后面还有一排平房，是仓库、厨房、车库和泡菜间等。据陈泽宠先生回忆，当时他伯父坐的是一辆绿色的别克（Buick）车，而他父亲则是一辆黑色的帕卡德（Packard）。

陈氏家族的人也会来这里做客，包括小孩。陈立夫的这辆帕卡德曾经被来他家玩的堂侄陈泽祥撞坏。陈泽祥是陈英士的长房长孙，后来成为国际知名的法学家。有一年陈泽祥先生来大陆参加国际法学会议，我们在西湖边的香格里拉见面。话题不久就转到陈立夫身上，他说到的一件事情特别值得记下。晚年的陈泽祥先生仍清晰地记得当时的情形，叙述带着感情。

抗战胜利国民党还都南京后，陈果夫、陈立夫兄弟仍住城南的陈公馆，比邻而居。陈立夫作为党国大员，忙得很，每天有人排着队等接见，有专车和专门的司机。陈泽祥那时十多岁，调皮好玩，对陈立夫的专车兴趣盎然。终于有一天，他偷偷从司机那儿拿了钥匙，发动了帕卡德，结果冲撞到墙上，车头撞坏了，墙上也撞了一个坑……陈泽祥虽然胆大，也还是吓坏了，从车里出来后，慌慌张张就回了家。回家后，什么也没敢跟父母说，惴惴不安等着陈立夫问罪，等着家人的惩罚。一天过去了，两天过去了，三天过去了，一个星期过去了，什么事情也没发生。但他知道这个事情没完。又是两天过去了，陈立夫的电话来了，没找他的家人，直接找了他。陈立夫和蔼地对陈泽祥说："你喜欢汽车是吧，这很好！开车的这些叔叔在成为司机之前都是去学过开车技术的，经过了严格的培训。等你长大了，我们送你去学。"其他的，包括他撞坏车的事一个字也没提，话说完，电话就挂了。这件事就此了结，陈泽祥却一辈子记得此事。孩子只要不是故意的，偶尔做错了事，其实自己已经知道了，打骂和惩罚，虽然可以起到惩戒的作用，但也可能带来副作用。润物细无声的教育方式，远胜过粗暴的教训，让陈泽祥终身感激、铭记。

让人特别羡慕的是，二陈兄弟都有一个幸福美满的家庭。陈果夫的元配夫人朱明，是浙江钱业巨擘朱五楼的长女，22岁时与陈果夫完婚。陈果夫年轻时在汉阳参加辛亥革命，不慎伤肺，成为终身肺病，敏感体弱，都是妻子照顾，未曾假手他人，数十年如一日，保持着醇厚朴素的夫妻之情。陈果夫夫妇生有一女泽宝，没有男孩，后来立立夫长子泽安为嗣。陈立夫的夫人孙禄卿毕业于上海美专，据说是刘海粟的学生，嫁给陈立夫后，放弃了自己的专业，专事家务，二人生有三男一女，家庭气氛十分融洽。结婚时，陈立夫送给妻子一副对联："尽其所爱，爱其所好"。这样一句简短朴实的话，是值得天下的夫妻用心去体会和实践的。

南京沦于日本人之手前，二陈兄弟及其家属随国民政府迁往重庆，公馆被日本人占用。抗战胜利，还都南京，陈氏家族搬回原来的公馆居住。1949年陈家迁往台湾后，陈公馆先后做过南京空军高干招待所、454医院小儿科特护病房和门诊部、454医院宿舍等。1984年，该公馆被列为南京市文物保护单位。如今陈公馆只剩下两座主楼和后面的一排平房，庭院的树木花草都不见了，空地都被铺上了水泥。陈果夫的那栋还有人住着，陈立夫的那栋相当破败，显然已经闲置，断了电，里面堆着一些杂物。

那天南京下着细雨，车到了常府街（因明代开国元勋常遇春的府邸建于此地而得名），却怎么也找不着陈家当年的公馆。费了不少周折，我才在一座银行大楼的后面找到那两幢小楼——我在一些资料上见过陈公馆的照片，于是大家都一起兴奋地聚拢来。虽然房子周围的状况已有了较大的变化，但陈先生见到这两座熟悉的房子，还是不停地说着："是的，是的！"他6岁时曾在这里门前的台阶上留影，再在这里拍照，时间已经过去了60年！

陈泽宠先生生于抗战时的重庆，回到南京的这个家，他已经6岁，到1949年离开，他在这里差不多生活了4年。为了能尽量满足陈先生的心愿，我决定冒险带他进入他住过的那幢楼。我打头从边门侧身进去，里面黑咕隆咚的，每走一步都得小心翼翼，我一边往前摸索，一边提醒陈先生小心。儿时的记忆刀刻斧凿一般，每走到一处，陈先生都能说出当时是谁谁住那儿，以及当时生活的情景。黑暗中我无法看清陈先生的表情。我只是向陈先生询问当年家庭生活的情形，并未谈起"祖国统一"之类的话题，但我能体会陈先生那份对"家"永远抹不去的怀念——这种对"家"的情感，某种程度上才是国家统一的原始动力。

应我的要求，陈先生回台湾后为我这本书写来了一篇短文《我的家》，附在后面。从一个孩子的眼里，我们可以了解当年大家公馆生活情况的侧面，而且别有情趣。

附：

我的家

陈泽宠 口述 林颖曾 撰

二〇〇三年十二月三十日游南京那几日，心情非常激动也感伤，虽然肚子因不小心着凉所以肠道不舒服好几天，但也不影响我去重回小时候在常府街28—30号的故居。仿佛一瞬间回到儿时的感觉，看到那两栋旧屋，却马上又似看到自己的小孩影子在屋中、外及庭院中穿梭，父亲在那儿每日忙着会客。我印象里即一楼正进去就是小客厅，然后就是左手大客厅，右手两小候厅室，每日拜访者川流不息，好像见自己的父亲也要排队。常府街是在“抗战”前父亲与伯父自己买土地造屋的住址，日本人来了以后就迁到重庆。我是生在重庆“清木关”，抗战胜利后才又回到南京常府街。我是家中最小的儿子，父亲四十多岁才生我，而且是在关公生日那天生的，所以我乳名是“羽儿”。在常府街住的时候，很寂寞，因为小孩不多，大人也不知在忙些什么（小孩不知国家愁！），我只知道父亲的两位杨、沈秘书，常常就会与其他来访的人一样，对我微笑外还会用手抚摸着我，然后说“弟弟真乖”。因为我是只要看到大人就立正鞠躬，虽然一点完头就跑到自己可以玩耍的地方。我从小就训练自己“自得其乐”，像在家门前的草堆里去捉虫、蚯蚓、蟋蟀、青蛙，有时连蜘蛛也莫名其妙地拿起来玩，或有时跑到屋子右侧的乒乓间，自己拿起拍子一个人玩两边，跑到自己不能跑了，喘呼呼坐在旁边休息。然后就去屋后的厨房，先去泡菜间，如果幸运的话，就是没有打破任何罐子顺利地用手捉吃一些酱菜，如果有被奶妈或司机大声叫到，那就是我闯祸了，一定是我爬的柜子被打翻了，所以有人来救我，或者有人来报告，羽儿怎么会跑到这泡菜室了？想想那时候也真的很调皮，也许是另一种引大人注意的方式吧！嘻，真不好意思，也许是贪吃吧！

一楼的大客厅一直让我至今印象深刻，因为，抗战后我们有与伯父回到了南京现在的故居，伯父住在隔壁，因为他那时已经有肺病，所以我小孩不让进入室内，一直都是在院子外面与伯父晤面。但我常常有机会就告诉伯父说：我们家大厅内有一盏日本鬼装的灯。而且我也发问：为什么？后来才知晓，原来在我未出世前迁到重庆去的时候，日本人占据了我们常府街，抗战胜利后，他们走了，但把灯留下来了。这次我也情不自禁的第一件事就是往那大客厅内去，去找看那鬼子装的灯，结果，不在了。

小时候，只要听到日本人，就好像鬼要来了，吓死了。因为我们家帮忙的有一位老李，人非常好，每次带着我，而且讲故事给我听，但我又有时懂有时不懂，不知道是因为故事太复杂，太可怕，还是我已经被他那很重的乡音弄混了，我只知他人很好，但很可怜。他头上眉毛之间有一条刀疤，蛮深的，头发都中缺，他告诉我，是日本人迎面就往他头上砍，幸亏他闪得快，虽然受伤，但没有死掉，所以老李的脸永远在我记忆里，就是日本人会乱砍人，要小心。

父亲虽然忙，但只要可以跟我在一起，就很专心地陪着我，虽然这种时间不多，但我却很珍惜。每日早晨，一定与父亲吃早饭，最记得就是在二楼细长阳台上，父亲教我如何溜冰。我们两人，一人一双鞋，虽然会一起摔跤，但父亲总是笑着对我说，摔跤是正常的，但只要学会不乱哭就好了。因为我一要往地上摔时，眼睛就红，然后正准备喊叫哭时，父亲就用手指按着嘴，用嘘的说："不可以叫，不可哭，乖。"学溜冰的事，是我最喜欢在二楼做的事，因为在那里父亲只属于我一个人，不像在楼下一楼，要排队。

姐姐泽容大我6岁，她很照顾我。因为大哥泽安、二哥泽宁那时候不与我们住一起，外婆，父母都住二楼，所以二楼不是我的地盘，我与小姑妈（父亲的同父异母妹妹）住三楼，小姑妈年轻时，真是美极了，脾气好得不得了，我很喜欢她，她也疼我。

常府街，住了几年我也不记得了，但当我一提及南京，真的，又让我回忆，更尤其这次重返故居，真的，好多事不是一时可以讲述完的，好感动。二〇〇三年十二月三十日那日下午，贾梦玮先生、鞠艳小姐陪着我与内人，那一天下午我再次“返童”了。这是我的家！

斗鸡闸

我在南京大学中文系念研究生时，知道北园物理楼东北角有一座建筑是南京大学外事办公室，因为门口挂着牌子。后来又听人称它为“斗鸡闸”，又说它原是何应钦公馆。何应钦的名字不算太陌生，中学历史课本中提到的《塘沽协定》《何梅协定》《秦土协定》，都是他直接执行蒋介石对日妥协政策的结果。我查看了一些资料后，才知道它既是“斗鸡闸”，也曾是何应钦公馆，也是如今的南京大学外事办公室（原来何公馆的一部分）。南大三年，每有师兄师姐毕业离校，我们往往选择在斗鸡闸门前合影留念，除了公馆本身独特、漂亮的外表适合作为背景外，大概也是喜欢这座房子的沧桑吧——无论年纪大小，都喜欢玩味“历史”。

据史料记载，民国时期，南京鼓楼汉口路附近的徐府巷有一处地方，人称“斗鸡闸”，是古时斗鸡嬉戏的场所，地址在今南京大学校园内。民国初年，这里还有一个圆门，圆门的大砖上还刻有“古斗鸡闸”，边上注有“光绪年里人公建”的字样，圆门具体何时拆除及古砖的去向不得而知。1934年，何应钦选择了“斗鸡闸4号”来建自己的公馆。45岁的何应钦时任国民政府军政部部长，他是蒋介石日本振武学堂的同窗。黄埔军校时期，蒋是校长，他是总教官，后来成为蒋介石的宠臣。何应钦选择的这个地方，背依鼓楼高地，西望石头城，东应总统府，出门向东不远便是中山路，算得上是一块风水宝地。可惜的是，第一次建起的何公馆在1937年12月南京沦陷时毁于大火，大概是日本人看准了干的——何应钦是南京沦陷时被毁了公馆的国民党军政要员之一。另有其时任南京卫戍司令的唐生智在百子亭的公馆、汪精卫在东郊的公馆、国府主席林森在东郊的桂林石屋等，都毁于日本军队的轰炸。1945年，何应钦以中国陆军总司令的身份率先到达南京，主持中国战区日军投降签字仪式，接受侵华日军总司令冈村宁次大将、参谋长小林浅太郎中将等人的投降。年底，何应钦着手在其公馆旧址上重建新的公馆，1946年3月竣工。由于众所周知的原因，这新建的公馆，何应钦也只住了三年。

重建的何公馆由沈鹤甫设计，辛峰记营造厂建造，称得上是南京将中西方建筑特点结合得最好的公馆建筑之一，既有中式的砖石琉璃瓦，也有现代的钢筋混凝土，气质典雅高贵。它也是当时南京较为罕见的西班牙式住宅，细部装饰特征明显。当时占地面积将近十亩，周围有砖石围墙，有两个大铁门可以进出汽车，其中东侧的是主门。计有楼房两幢，一幢两层，一幢三层，另有两幢三间平房，共四幢三十一间。何应钦作为军人，大概是出于战备的需要，院内还建有一座地下碉堡，五十年代才由南京某部工兵炸毁——不知道为什么一定要炸掉，不过我知道，炸掉敌人秘密老巢的感觉一定是不错的。何公馆目前仅剩楼房一座，为西班牙式二层建筑，蓝色筒瓦缓坡屋顶，拱门拱窗，在南京大学北园中央大道左边的绿树掩映之中，颇有画意。

老的何公馆建成后不久的1936年12月12日，震惊中外的"西安事变"爆发，被普遍认为是南京政府中仅次于蒋介石的第二号人物何应钦被历史推到了中心，斗鸡闸公馆一时间某种程度上也就成了中国真正的权力中心。中国政治军事的策划最初往往不是在台面上进行的，公馆里的那些客厅、会议室甚至书房往往成为政治军事策划的场所，即所谓的密谋。斗鸡闸的主人在政府和军队中历任要职，从军政部部长到陆军总司令到行政院院长，进出何公馆的自然也不可能是一般人物。公馆中发生的种种，外人难以知晓，但主人肯定是心里明白；何应钦是大人物，心里面放得住事。"西安事变"的当天下午，何公馆更加警备森严，一辆辆高级轿车先后开进来，戴季陶、居正、李烈钧、孙科、吴稚晖、冯玉祥等在南京的党、政、军首脑神色凝重地跨出轿车，在台阶上迎候的何应钦默默将他们引进室内。这些人是应何应钦之邀来何公馆商量对策的，何应钦主张武力讨伐，他需要更多人的支持。戴季陶等人认为张学良以武力劫持统帅，罪大恶极，主张以武力讨伐，孙科、冯玉祥等出于蒋介石的人身安全考虑，主张和平解决。在武力讨伐与和平解决两派相持不下的情况下,决定当晚召开国民党中常会和中政会决策此事。会议就在何公馆召开,从12日晚8时一直开到13日凌晨。会上,以何应钦为首的“主战派”以“维护国家纲纪”为由,认为“不能过于瞻顾蒋公之安全,置国家纲纪于不顾”。会议最后决定由何应钦负责调动军队,准备讨伐。蒋夫人宋美龄得知情况后赶到何公馆,与何应钦发生了激烈的争执。宋美龄斥责何应钦主张讨伐是“别有用心”,何应钦则反驳宋美龄说:“你们女人家懂得什么?只知道救丈夫而已,国家的事,不要你管。”宋美龄气得哽咽着说:“你这样做,太辜负蒋先生了!”何应钦以男女论事,犯了大男子主义错误;宋美龄当众受辱,自然怀恨在心。后来“西安事变”和平解决,蒋介石回到南京,被吹了枕边风,对何应钦在“西安事变”中的表现极为不满;加之陈诚等少壮派的日益强大,何应钦的地位逐渐被他人取代,斗鸡闸的地位也随之衰落。何应钦对蒋介石的专制作风虽然不满,一生与蒋也有过多次明里暗里的较量,但最终还是不得不一次又一次地臣服;毕竟是同学,蒋也离不开何应钦的支持,因此这两个人一辈子的关系倒也能善始善终。

何应钦一生宦海沉浮,但家庭生活十分平稳幸福。1917年,他在老家贵州任军职时,与贵州军阀王文华的妹妹王文湘结为伉俪。王文湘比何应钦小8岁,知书达礼,温柔贤淑,成为何应钦荣辱坎坷人生的忠实伴侣。但她不能生育,有人劝何应钦纳妾,生儿育女,以续何家的香火,但何应钦决意终身不再另娶,后来把弟弟的女儿何丽珠过继过来,视如己出,一家人其乐融融。

从公馆的兴衰可见人生的起伏，从人事的变迁亦可见公馆的沧桑，所谓物是人非，人是物非，人物两非。从古斗鸡闸到1934年首建何应钦公馆，到1937年公馆毁于战火，抗战胜利后重建，再到如今的南京大学外事办公室，令人感慨唏嘘。世事变迁，除了何应钦一家在这被称为何公馆的房子中居住生活过外，其他还有不少人曾在此居住。社会上传说日本驻华派遣军总司令冈村宁次抗战胜利后在何公馆住过一段时间。听起来虽然有点滑稽，仔细分析起来却也符合情理。冈村宁次无疑是一个重量级的战犯，但在抗战胜利后，蒋介石出于当时国内的战略考虑反聘其为军委会军事顾问，其安全保护由何应钦负责，而何应钦与冈村宁次又是日本士官学校的校友，私交不错，何应钦于公于私，都很有可能将冈村宁次安排在自己的公馆内。不过也难说，冈村宁次在金银街的公馆离斗鸡闸直线距离不过几百米，他也许只是经常到何公馆来串串门。

到了1948年底，南京国民党政府在共产党军队的强大攻势下已是风雨飘摇，人心惶惶。11月，何应钦的女儿何丽珠订立租房契约，将斗鸡闸何公馆的大部分房间出租给美国驻华大使馆，月租金150美元。契约详细注明了所租房屋情况，计有三层楼房一座，房间十一，内有盥洗间及浴室各一；平房客屋一座，房间四个，厨房一个，大门门房一个。契约中还附有一张公馆陈设的清单，写明多种物品：冰箱一只、施特劳斯钢琴一架、双人床一张、地毯一张、带套沙发一只等等。如此看来，何家还没有富到不在乎房租的地步。何应钦虽然位高权重，但时常征战在外，没过几天腐败日子，与孔祥熙、宋子文两家比较起来，简直就是个清官。1949年4月24日，解放军攻入南京，何公馆内除美国大使馆工作人员以外的其他人员大都已于上午10时撤离南京，只留下张崇彪、郝来修、王文道三人临时看管房产。到1949年6月30日，美国大使馆在何公馆的租期已满，遂向南京市人民政府地政局申请退租，请求其代管。自此，作为何家私产的斗鸡闸公馆由南京市政府代管，并逐渐由私产变为公产，由私人居住的公馆变为公共设施。解放初期，曾有不少单位在此借驻，如华东军区后勤运输部、三野司令部秘书处、三野军大政治部等，此后中国人民解放军军事学院政委钟期光曾长期居住在这里。五十年代末，在金陵大学基础上成立的南京大学扩建，钟期光才迁出何公馆。1959年初，何公馆围墙被拆除，南京大学向南京市房产处交款4 811.93元（南京市交易所估价），何公馆从此被南京大学围在了校园内，交由南京大学使用。后来也曾有学者名流在此居住，如陈布雷的女儿陈琏，以及原南京大学校长匡亚明等。

国民党败走台湾后，何应钦在台湾只是任过一些闲职，但生活条件优厚，蒋家父子也给了他极高的荣誉。人之将老，思乡情切，他晚年的书房里一直挂着张大千根据他对故乡风景的描述所画的《泥凼风景图》。何应钦自知来日无多，经常对着墙上的这幅画出神，喃喃自语。他出生在贵州省兴义县南约42公里的泥凼镇，何氏旧居至今仍在，当地政府还出资对何家祖宅进行了修葺。但这些在他看来都不过是“中共的统战阴谋”，何应钦的反共立场至死都没有改变。

如今，由于学校基建等原因，斗鸡闸何公馆只剩下一座楼房，相当长时间内也是破败不堪，前两年已翻修一新，成为南京大学对外交流的窗口，门前的几棵大雪松茂盛依然。1987年10月21日，何应钦以98岁高龄在台北去世，人物两非，真正是花落人亡两不知了。

陈布雷的公馆政治

陈布雷在民国政坛上是个独一无二的人物，某些时间段里被认为是一人之下万人之上的。他后来在国民党政府败退台湾前自杀，其人格结构一直是人们谈论的话题和研究的课题。他的公馆是民国时期国民党政府清流派官员公馆的典型，与孔祥熙、宋子文公馆的奢华形成鲜明的对照。

陈布雷一家抗战前一直居住在颐和路4号（今6号）。国民政府实业部农业司司长徐廷湖1936年购地1.4850亩（约989.01平方米），建三层西式花园洋房九间，两层西式小洋楼两间，以及三进五间砖木结构西式平房和一间旧式平房。

1936年“西安事变”爆发，陈布雷成了大忙人，他无数次从这座公馆出发，到其他豪门公馆拜访。“主和派”大本营孔祥熙公馆和“主战派”大本营何应钦公馆当然是必去的。除了这两家公馆以外，对当时政局具有重要影响的还有两处公馆，一处为国民党中央党部秘书长叶楚伧的公馆，一处为国民党中央常委陈立夫的常府街公馆。叶公馆为党方要人的活动中心，而陈公馆是党内主流派CC系的活动中心。这两处也是倾向于和的。就陈布雷私人情感来说，他倾向于“主和派”，希望能通过和谈避免新的内战，使蒋介石全身而归。但为了能在“主和派”和“主战派”之间架起一座桥梁，陈布雷并不声张自己的观点，甚至表面上还在努力做到平衡。在“西安事变”期间，陈布雷除了参加各种会议及一些场面上的活动外，何、孔、叶、陈这四大公馆差不多每天要跑一处，有时一天之中要跑个遍。比如12月12日晚8时至13日凌晨4时，陈布雷几乎通宵在何公馆度过，先后出席在那里召开的中央紧急会议和中央常务会议。15日上午，陈布雷先到叶公馆了解有关情况，下午3时至6时和张季鸾一起在陈公馆会谈；晚7时再到孔公馆会见蒋夫人宋美龄；晚8时再赶到何公馆参加聚会。一天之中，陈布雷走遍了四大公馆。18日，他两次到何公馆：下午1点半他陪同携蒋介石亲笔信从西安回来的蒋鼎文到何公馆报告“西安事变”经过；晚12时列席中央政治会议谈话会，随后赶往何公馆，与何应钦、张群、陈立夫等人商量派遣湖北省主席黄绍竑联络阎锡山事宜。19日，他两次到孔公馆：听说蒋夫人要飞洛阳就近指挥救蒋，赶往孔公馆看望（后来宋因故当天未去）；下午蒋夫人召见，又冒雪再次前往孔公馆，与宋美龄、孔祥熙商量救蒋事宜。从陈布雷的日记可以统计出，“西安事变”期间，陈布雷总计前往四大公馆27次，其中往何公馆、孔公馆、叶公馆各7次，陈公馆6次，陈布雷每天的工作几乎就是从自己颐和路的公馆赶往各大公馆，公馆在民国政治生活中的重要性于此得到证实。

从蒋介石安全返回南京到国民政府撤离这段时间，陈布雷去得最多的公馆是西流湾8号的周佛海公馆，这从周佛海的日记和陈布雷本人的日记都可以看出来。每隔几天，甚或一两天之内，陈布雷就要去一次，有时比陈公博、梅思平、高宗武、罗君强等“主和派”大将去的次数还要多。这也说明陈布雷一开始也是倾向于和的，周佛海等所从事的“和平运动”开始时不但没有瞒着陈布雷，而且是通过陈布雷与“最高当局”沟通的。

南京沦陷前，陈布雷举家随国民政府迁往重庆。

抗战胜利后的1946年3月24日，陈布雷携眷还都，因为原来的房子已被占用，只好先旅居上海，三个月后回到南京，在南京市市长马超俊的帮助下，租用了湖南路508号作为自己的新公馆。有些介绍南京民国公馆的图书和文章说因湖南路扩建，508号公馆已不见踪影，其实不然，它至今仍在，只不过因为道路改名，原来的湖南路508号已经变成了如今的江苏路15号。我看陈布雷当时的日记，他从住所窗口看到的风景确实是如今江苏路和与江苏路联结的山西路一带的景象。

这座房子建于1937年5月，占地1.0917亩（约727.8平方米），主体建筑是一幢坐西朝东的西式两层楼房，十二间，此外还有两进六间西式平房。据陈布雷的警卫后来回忆，公馆前的马路很开阔，但比较安静，较少有车辆行驶。公馆的两边都没有房子，南边围墙较长，围墙内都是树木野草。进了两扇铁制大门，就是收发室和警卫室，平房是秘书办公室、汽车房和仓库。据说当时仓库里面有一块白底黑字的木牌，上书“陈委员布雷公馆”，因陈布雷不同意挂出去，就一直放在仓库里。主楼楼下是蒋君章（陈布雷秘书兼《中央日报》主笔）的办公室和卧室，后半间是金省吾（公馆总务）的办公室兼卧室。再后面就是楼梯和卫生间。卫生间里虽有瓷盆等，但陈布雷严禁在公馆内用温水洗澡。楼下的一间会议室就是中央宣传小组召开理事会的地方，桌子周围是十把靠背椅，墙角有一壁炉，也是多年不使用了。卧室楼下的客厅兼作餐厅和阅报室。楼上第一间即为陈布雷的办公室，窗边有一个按钮，是叫喊侍者用的；第二间是会客室，摆着大小沙发和茶几：第三间是陈布雷和夫人王允默的卧室，靠墙有一张木制高低床、一只床头柜和两只旧木箱。整个公馆的灯泡都是60瓦以下的，没有一件豪华的照明灯具，电炉也是不准使用的。房子前面是草地，没有植一株花卉。夫人王允默经常住在上海，陈布雷在这里可以专心做他的事情，他的工作也主要在公馆内，因此秘书、书记、副官、司机等都住在这里随时听候调遣。无论是白天还是黑夜，这里都非常安静，没有嘈杂之声。陈布雷终日在楼上，每天六点起床，洗好脸，吃好早饭，就开始办公，从不下楼散步。战后陈布雷外出较少，有时奉蒋谕去总统府或中政会一趟，时间一般也不长。外出时，先由贴身勤务严尚友去汽车间按喇叭，住在离公馆不到一百米处的司机和副官听到喇叭声会很快赶到，将汽车开到公馆门前等候。陈出现时，总是穿一件黑色布长衫，右手按着嘴上的香烟，左手伸得很直，不大摆动，迈着小小的步子，头发又长又乱，头一转不转就上了汽车。

据陈布雷的僚属汪日章等人回忆，陈布雷个子矮小，弱不禁风；冬瓜形的脸庞，瘦削干瘪，枯黄失血，活像一个老太婆；见了人，身体好像站不起来，眼睛也好像睁不开似的；在同僚或部下面前，无不恭敬有加，谦逊有礼；在大庭广众之下，总是静声静气，走在旁边，轻轻侧身而过，如不注意，就好像没这个人在场一样。陈的这副尊容，连他自己也觉得“对不起”党国，有时还要拿自己开涮一下。抗战期间，国民政府主席林森去世，蒋介石自兼国府主席，并有意让陈布雷就文官长一职。陈坚辞不就，宋美龄笑怪陈布雷迂腐顽固，陈布雷为自己找的理由竟是:“像我这样一个人，摆在礼堂上也太不像一个样子。”

还都之后，陈布雷的生活依然非常简朴。根据陈布雷的要求，管总务的秘书金省吾对公馆的生活费控制非常严，大菜师傅每天上街买菜，总不外乎青菜、萝卜之类。据陈身边的人后来回忆，南京的特产如板鸭等就没在公馆见过，即便是中秋节或双十节，也不肯买鸡、鸭等进门，猪肉也不过两斤，或者是鲫鱼——大葱鲫鱼是陈布雷最喜欢的大菜。一次大菜师傅自作主张买了一只约两斤重的甲鱼，劈成四块烧好，陈布雷认为太浪费，通知总务辞退了大师傅。从此，再也没有人乱来。陈布雷的薪水也不算少，但由于子女多，开支大，生活倒常有拮据之感。以陈布雷的地位，弄钱不是难事，简单的如国民党官员兼职拿所谓车马费就是堂而皇之的事，可陈布雷就是不肯。蒋介石对他穷兮兮的样子都看不过去了，主动劝他弄一份兼职，并表示要亲自帮他联系。这对于口口声声要清正廉洁的蒋介石来说是绝无仅有的事。但蒋先生的好意还是被陈布雷婉拒了，他后来答应接受的“中国文化服务社”董事长的兼职还是没有车马费的。

陈布雷最反感的是有人给他送礼，因此公馆上下对此要求也非常严格。但有两样东西陈布雷可以破例，一是香烟，二是安眠药。写文章离不开烟，他严重失眠，没有安眠药睡不着，因而对这两样东西需求量非常大，必须要有“外援”。看来，每个人身上总能找到弱点。当然也要看什么人送，据说这两样东西送得最多的是蒋夫人宋美龄，而且是高级香烟、进口安眠药。这对蒋夫人来说也算不了什么，陈布雷这个秋风不打白不打。

陈最忌讳涉足赌场、烟花巷、酒馆等场所。陈布雷自己曾经解释说：“到娱乐场所去，不是不愿，却是不能。以我的身体，以我的体质，不能走路，更不能走较远的路。那么到娱乐场所去，一定非坐车子不可，以今天抗战，物力艰难，坐着车子去娱乐场所，人家对我纵不加指责，我自己的良心，也有些不安。”国民党中央机关曾定期公布各位要人汽车用油量，至少在面上，国民党政府还是有些监督官员的机制的。

陈布雷公馆想来是很简朴的。当时南京《救国日报》记者到陈公馆采访，没有见到陈布雷本人，见其公馆的情形，对门卫发了一通议论：“我跑过多少码头，见过多少公馆，像你们这样可怜的只有两家，一家是陶部长（指国民党中央宣传部副部长陶希圣）公馆，一家就是你们了。还不如一个小老板。”陶希圣是当过汉奸的，因而要保持低姿态；陈布雷如此，大概就是出于本性了。战后，国民党大小官僚大发接收财，五子登科，而这位陈布雷混得反而不如战前。

抗战胜利回到南京，侍二处被撤销，蒋介石感觉到了宣传的重要性，要陈布雷主持“中央戡乱宣传小组”。这个宣传小组后来包括了许多党国要人，如国民党中央宣传部部长李惟果、副部长陶希圣，组织部部长陈立夫，国民党政府教育部部长朱家骅，中央文化运动委员会主任委员张道藩，国防部政工局局长邓文仪，行政院新闻局局长董显光，蒋介石的英文秘书沈昌焕等。小组每周开会一次，地点常常就在湖南路508号的陈布雷公馆。每逢开会，陈公馆车水马龙，陈布雷怕“影响”不好，往往吩咐司机将汽车往附近马路疏散，并且关闭会议室窗子，拉上窗帘。因此每周例会在这里开了一年多，竟不为外人所知，陈布雷的小心谨慎也由此可见一斑。

陈布雷在抗战之后之所以更加低调，也与他家中多人“发红”有关。陈布雷的七弟陈训惠和小儿子都是“赤化分子”，在北京的小女儿陈琏和女婿袁永熙更是因为“共党嫌疑”（他们事实上是中共地下党员）被捕关进了宁海路19号保密局的看守所，与陈公馆仅咫尺之遥。蒋介石虽然没有责怪他，甚至还给了他一些安慰，但陈公馆有段时间也因此受到了特务的监视。陈琏夫妇后来虽因查无实据出狱，但以陈布雷的个性，他思想上的负担还是很重的。陈琏夫妇出狱后，被陈布雷安排在南京工作，经常出入陈公馆，倒是增加了公馆的家庭气氛。

1948年10月，对于陈布雷来说，国家和个人两方面都到了岌岌可危的地步。对陈布雷这一段时间的思想情绪，蒋君章应该是比较了解的。《中央日报》主笔以及中央政治学校新闻系教授等只是他的兼职，他的本职仍是陈布雷办公室的机要秘书，并住在陈公馆，为陈布雷处理日常事务。蒋君章说："（布雷）先生逝世之前，情绪非常不宁，影响他的健康极大。当时最大的问题有二：一为军事形势的逐渐逆转，一为发行金圆券而实施后的限价政策逐渐动摇。前者使各方面庞杂的意见纷然而起，他们很多想经由先生而上达蒋主席。有的用书面陈述，有的当面请见，也有的直接以电话互谈。凡是要见先生的，除一二具备排闼直入的熟客之外，照例由我代见，书信也向来由我代拆、代复（必须先生核准）。承蒙先生看重我，一切对我信任，所以我有胆量接受各方面意见或看到各方建议，把它压下来，以免刺激先生；但是先生也难免听到一些不乐闻的议论，所以居恒郁郁不乐。有的根本瞒不住的，例如当时食品已造成黑市，乡间粮商也吝而不售，再加上不肖分子的捣乱，山西路一带发生抢米风波，先生办公室距山西路不远，呐喊人声，时入先生耳中，先生多次至后窗遥望，表情凝重，无语而退。"

1948年11月11日上午，国民党中央政治委员会举行临时会议，陈布雷列席会议。会上，陈布雷"忠谏"，遭到了蒋介石的责骂："你呀，是不是脑力衰弱得不够用了？怎么老是与我唱对台戏，真是书生误事，误事了，你去休息吧！"蒋介石历来对陈布雷以客卿相待，礼遇有加，从来没有给过陈布雷这样的待遇。陈布雷当时脸红一阵白一阵，呆呆退出会场。他与蒋介石近二十年的“恩爱”蒙上了阴影，“失恋”的陈布雷第二天夜里终于在这座公馆中自杀，提早走完了他的人生旅程。在此之前，陈布雷的家人曾到古寺为他求得“观音灵签”，乃一“下下签”，签诗云：“冲风冒雨去还归，役役劳心似燕儿。衔得泥来成垒后，到头垒坏复成泥。”此诗可谓陈布雷的逼真写照。

陈布雷，原名陈训恩，号畏垒，正好暗合了上述签诗的两个“垒”字。他1890年11月15日出生于浙江慈溪。早年读私塾，1907年就读于杭州浙江高等学堂，开始关心时事政治。毕业后曾任记者、教师等，后来任《商报》编辑主任，使该报从原来上海一般的商界喉舌发展为因时事政治文章而在学生和知识界中声誉日隆的著名报纸，陈布雷的革命态度和文章才华也逐渐为人所瞩目。1926年，陈布雷到江西南昌报道国民革命军情况，蒋介石欣赏他的文才，遂邀请他留下为他起草文件，陈由此加入国民党，成为蒋介石的首席幕僚和“军机大臣”，和“介公”结下了“孽缘”。在以后的日子里，陈布雷虽然时时向往他过去的新闻工作，但和“介公”实际上已经难以生离。

陈布雷去世后，女儿陈琏不久渡过长江到了解放区，“文革”中不幸离世；夫人王允默后来留在上海，1970年病逝。南京的这座公馆当然就派了其他用场。

北极阁的“茅草屋”

“民国国舅”宋子文在“京城”南京的公馆坐落在北极阁山顶，今天的北极阁1号。宋公馆选址于此当然不是偶然的。北极阁所在的鸡笼山，本是六朝皇家华林苑故地，南朝刘宋时期又设日观台，为南京最早的气象台。十七世纪，意大利传教士利玛窦来南京，曾登临此地参观，《利玛窦札记》中对此有较详细的记载。康熙皇帝南巡也在此登高远望，并欣然题了“旷观”两字，当时的两江总督为此特地建了“万寿阁”和“御碑亭”，因亭、阁位于明代“北极真武庙”的后上方，故称北极阁。清乾隆年间，北极阁以“鸡笼云树”被列为金陵四十八景之一。《同治上江两县志》记载：“山上有御碑亭，旁有北极阁，坡陀直上，徙倚空阔，南望城市，烟火万家；其北地沃衍，居民多艺菊为业，晴秋极目，千畦万圃，灿若璃绣。”北极阁的东北面是南朝四百八十寺之首的鸡鸣寺，稍远处是烟波浩淼，水中五洲相连的玄武湖，隔湖是巍巍的钟山。登上北极阁，北望湖光山色尽收眼中，南望是南京城的万家灯火，“千里莺啼绿映红，水村山郭酒旗风。南朝四百八十寺，多少楼台烟雨中。”（杜牧《江南春》）的意境恐怕只有站在北极阁顶上才能真正体会吧。北极阁上被称为“茅草屋”的宋公馆可谓占尽了南京城的便宜。

在民国众多公馆中，宋子文公馆是闻名遐迩的，这不仅是因为其优越的地理位置、男主人特殊的身份地位，也是因为公馆本身独特的建筑艺术。

此处宋子文公馆建于1933年，在此之前，宋子文住在中山东路铁汤池财政部部长官邸，那时，张学良每次来南京总是住在这里，巧合的是，“西安事变”后，张学良护送蒋介石回京，还是被软禁在宋公馆——北极阁新的宋公馆。1933年，宋子文的姐夫孔祥熙接替他任财政部长，他只好将部长官邸让出，北极阁公馆便是始建于这前后。宋公馆选择基泰工程司著名的建筑设计师杨廷宝设计，陶馥记营造厂施工营造，占地面积720平方米，三层钢筋混凝土梁柱结构，英国乡村别墅式，平面呈曲尺型，主楼十字拱门廊。由于公馆对着院门的一侧在地平面以下，过道直通二楼客厅，看上去只有两层。公馆外部有庭院、花架曲径，有专门的盘山路直通山下。

底屋由毛石砌造，上两层是乳黄色的墙壁，采用弹涂工艺粉刷而成，立体感强，与底层的毛石墙互为映衬。屋顶呈不对称的人字形，上面长方形的壁炉烟囱和采光老虎窗为民国所常见。最具特色的是它的屋面设计。宋公馆的屋面远远望去仿佛用茅草盖成，当时有“茅草屋”之称。据说设计时宋子文再三交代要注意外表的简朴，这茅草屋的外表想必让设计者杨廷宝颇费了一番心思。但达官贵人的生活总是给人特多的猜想，民间误传这“茅草屋”的屋面是采用巴拿马的避弹草铺盖而成；而实际上，它的屋面是用白水泥拌黄沙铺在荻芦上做成，白水泥应为进口；荻芦为芦苇的一种，细硬多结，当时盛产于南京江心洲和八卦洲，就地取材，本身相当“草根”。但工艺相当讲究：屋面做成上下三层，最上面一层做成蜂窝状，防火，隔热保温，冬暖夏凉，特别是解决了屋面渗漏的问题。据说如今还有人在仿学“茅草屋”的屋顶技术。

“茅草屋”外部简朴，内部当年称得上奢华。客厅、卧室、书房、餐厅、浴室、盥洗室、厨房、壁炉、侍卫室等等一应俱全。底层为服务人员住房及厨房等辅助用房。二楼有客厅、餐厅、侍卫室等。客厅等的顶部采用喷灯工艺，钢筋混凝土大梁仿木梁纹理，让人真假难辨，这在当时的公馆中是仅有的，称得上是“高新技术”。朝南一排拱形落地窗，采光通风极好。三楼是宋子文夫妇及其子女的居室。浴室、盥洗室马赛克铺地，浴缸和抽水马桶均为进口货，历经近百年，至今完好无损。可以想见，这座“茅草屋”当时是够现代，够豪华，也够“酷”的。

公馆建成后，宋子文很满意，但不喜欢别人叫它宋公馆，总是笑着称之为“茅草屋”。国民党也要讲廉洁，当时的达官贵人买房建房往往不用自己的真名，或是用家庭其他成员的名字，或是用化名。宋子文虽是英美做派，但对中国的这种国情还是了解的。

由于宋子文特殊的身份地位，宋公馆注定了就不仅仅是宋子文一家居住生活的场所，国民党的达官贵人免不了要来串门，种种密谋策划免不了在这里进行。1936年12月12日“西安事变”后，烽烟四起，国民党要员一个个变得心理复杂，频繁进出“茅草屋”。宋美龄也多次从黄埔路的憩庐到她哥哥这里商量对策，最后形成了以宋美龄、宋子文兄妹为核心的“主和派”政治集团，并在与何应钦为首的“主战派”的斗争中占了上风。

“西安事变”发生不久，中共驻上海的代表潘汉年也曾来过北极阁宋子文公馆。当时，宋氏兄妹为了借助苏联和中共的影响，促使张学良、杨虎城释放蒋介石，还请出二姐宋庆龄与共产国际联系。宋庆龄虽然不喜欢妹夫蒋介石，但从团结抗战的大局出发，忙派人商请中共当时驻上海的代表潘汉年赴南京与宋氏兄妹晤谈。12月18日，经中共中央同意后，潘汉年赴南京。因怕何应钦暗算，他没有像往常一样在下关车站下车，而是先到尧化门小站，然后再雇车前往著名的北极阁“茅草屋”。潘汉年住进宋公馆后即收到了《中共中央关于“西安事变”致国民党中央电》，立即交给宋子文并转国民党中央。宋子文仔细阅读电文后，立即通知宋美龄和孔祥熙来公馆共商对策。潘汉年利用自己的特殊身份，与他们做了深入交谈，支持他们与亲日派的斗争，坚定了他们和平解决“西安事变”的决心。宋子文和宋美龄后来之所以敢先后亲赴西安，很大程度上也是因为吃了潘汉年给的定心丸。不过，潘汉年却因为自己的南京之行，在后来中共的内部斗争中授人以柄，但不是因为这次“茅草屋”之行，而是因为1943年他在未得到中共中央批准的情况下去了汉奸头子汪精卫在颐和路的公馆。

宋子文公馆之所以出名，还因为在它东北面有一座“囚张楼”，古典式的双层建筑，与宋子文公馆以石径相连。“西安事变”和平解决后，张学良陪同蒋介石、宋美龄、宋子文等回南京，一下飞机，蒋介石即背信弃义，下令将张学良囚禁于此，因此这里被称为“囚张楼”。宋子文按照蒋介石的授意，诱逼张学良写下了“负荆请罪”的信。1936年12月31日，南京国民政府组织高等军事法庭审判张学良，判了张学良十年有期徒刑，张随即被转移到孔祥熙别墅看押起来。与张学良在沈阳的宏大的官邸比起来，这座“囚张楼”实在是太小了。

汪伪时期，宋公馆成为汪伪要人招待和娱乐的场所。1941年10月19日，周佛海日记记载：“晚与淑慧（周妻——引者注）宴请汪先生夫人及其家族于北极阁宋子文故宅。旧地重游，感慨无量。”周佛海是个多愁善感的人，现在又当了汉奸，心中的扭结就更多了，宋公馆当然只是个引子。

刘伯承将军进驻南京后，曾在这里居住一段时间，并在公馆西北侧与书房交接处加筑了上下两层。如今宋子文公馆是南京市科协的招待所，公馆变成招待所，没法不让人内心意蕴丰富。我也要多愁善感了，只是内容与周佛海的不同。从公馆这个角度来讲，我宁愿还是一家人住在里面，有人事，有日常生活，有人生的种种，而不是招待所里匆匆的过客。它前面的山腰已经建了一个歌舞厅，轰隆隆的全是二十一世纪的流行音乐了，都是宋子文没有听过的。

宋子文在南京留下的“遗迹”很少，大概也只有这所房子偶尔让人想起有宋子文这么一个人。

宋子文原籍广东海南岛文昌县（今海南省文昌市），1893年1月27日出生于上海（文昌原籍他从来也没回去过，2000年夏我去海南曾到过宋氏故居，那里建起的是他的二姐宋庆龄的纪念馆）。他是宋氏家族的长子，宋霭龄、宋庆龄的弟弟，宋美龄的哥哥。他先在上海的圣约翰大学读书，毕业后考入美国哈佛大学，1915年获得经济学硕士学位，后又攻读哥伦比亚大学的经济学博士学位。1917年回国后到汉冶萍公司任秘书，公司的总经理是盛宣怀之子盛恩颐。在这里，宋子文与盛宣怀之女盛爱颐互相产生了爱慕之情。宋子文虽然出身富商家庭，但与盛极一时的亦官亦商的盛氏家族比起来，还是显得门不当户不对，宋子文与盛家小姐的恋情不久就遭到盛家的干涉，他随即由上海调往武汉任汉冶萍总公司会计处科长。但他到汉阳后即辞职离去，转任联华商业银行总经理，其金融和商业才华开始显现。但如照此发展下去，宋子文只能是一商人，摆脱不了其父辈的命运。但宋家注定不只是给当时的中国输送商业人才。1923年2月，孙中山（这时已是宋子文的姐夫）在广州就任大元帅，宋子文即跑到广州，任孙中山的英文秘书，不久就升任税务局局长，这时宋子文刚三十岁。此后，宋子文历任广东国民政府的财政厅厅长、南京国民政府财政部部长，掌管国民党政府财政大权，后来甚至把官做到代理行政院院长、行政院院长。宋子文发迹后，盛家小姐曾有重续旧好之意，但遭到宋子文的拒绝。事过境迁，盛家也不复是当年的盛家，宋子文已经没那份心境。他甚至动过报复盛家的心思，后来还是在别人的劝说下，才打消了念头。宋子文后来娶的是张乐怡，据说是非常恩爱，宋子文总是用“丁丁”的爱称来称呼她。在重庆时，有一次张乐怡生病，宋子文不远万里派飞机从美国康涅狄格州为她运来了一束她特别喜欢的山茱萸花，这种事情女人必定是要大为感动的。

大陆解放前夕，宋子文眼看大势已去，带着支票、现金、黄金从广州跑到香港，声称：“本人从政二十余年，已当休息。”大陆解放后，宋子文因与其妹夫蒋介石素有恩怨，未去台湾，而是去了美国大都会纽约，过着奢华的寓公生活，美国不怕露富，他是无须将他在美国的豪宅称作“茅草屋”的。他先是住在曼哈顿公园大街1133号的一幢豪华公寓楼里，后来离开曼哈顿，在长岛购买了一座豪宅，警卫森严，有复杂的警报系统。根据当时美国华人中间的街谈巷议，宋子文在长岛的住宅中有“令人难以置信”的财富。几十年间，宋氏家族确实积聚了巨大的财富，《大英百科全书》说宋子文“享有世界上最大的富翁的名声”。在美国，宋子文把他的大部分精力用于他不断扩大的金融帝国，继续从事石油股票、农矿产品期货和新技术的生意，并由此结识了大量在新加坡、香港、东京和伦敦有势力的财界人士，保持着他在金融界的影响力。他甚至被认为是一个“极其危险的”人，因为他是在美国最有势力的中国实业界巨头，许多

"坏人"靠他生活。

1971年4月,宋子文来到旧金山。24日,宋子文在他下属高级职员爱德华·尤的家宴上因食物堵住气管窒息身亡。蒋介石送来的挽额是"勋猷永念"。宋子文去世后,时任美国总统的尼克松想借宋氏三姐妹为宋子文奔丧的机会推进中美建交。他找到热心为中美建交奔走的华裔政治家,邀请宋庆龄、宋美龄、宋霭龄参加宋子文的葬礼。其时,宋庆龄在北京任中华人民共和国副主席,宋美龄在台湾仍是第一夫人,宋霭龄就在美国,她们当时都表示前来参加。但不久,尼克松相继得到报告,三姐妹中的两位都不来参加葬礼了:宋庆龄的理由是包租不到专机;宋美龄已经到了美国夏威夷,但被蒋介石召回,她本人也怀疑里面有政治图谋;身在美国的宋霭龄也在为来还是不来犹豫不决,为了等她,葬礼由上午改成了下午。对此,尼克松诧异莫名,他只说了一句话:"我真不理解你们中国人。"但中国人心里明白,宋家姐妹的心里更明白。据说宋美龄回到台北后流了不少的眼泪,毕竟是同胞哥哥。可是作为政治人物,他们心里要能放得下事——中国人心里的扭结太多了,所谓"心有千千结"。中国人聪明啊,外国人哪能理解中国人的"聪明"呢,正像宋子文要将自己的豪宅称为"茅草屋"一样,这里蕴藏着只有中国人才能心领神会的种种。中国人累啊!随着这些年一些历史资料包括蒋介石、宋子文日记的公开、解密,人们才知道宋家并不像人们所说的贪污那么多,那么有钱。因为信息流通的局限,给公众留下了太多的想象空间。

雍园1号

大陆出版的《白先勇文集》刊有一张白崇禧的全家福，这也是白家唯一的一张全家福，拍照地点就是现在南京雍园1号的原白崇禧公馆，黑白照片上依稀可见树木掩映中的房屋馆舍。白崇禧生有七男三女，可谓人丁兴旺，那时白崇禧的二姑妈、姑外甥、哥嫂也随白崇禧生活，更是增加了大家公馆的气氛，白崇禧又贵为国民党政府的国防部长，那白公馆更是了不得了。

白崇禧，字健生，回族，原籍南京，1893年出生于清桂林府临桂县山尾村的一个商人家庭。弟兄四人，白崇禧排行老三；早年丧父，母亲双目失明。对于贫寒子弟来说，学军当兵当时是出人头地的主要出路。白崇禧先入军校，再从下级军官干起，逐渐成为桂系的骨干。后来在北伐和抗日战争中累立战功，成为国民党军队中能征善战的名将。抗战胜利后，蒋介石改组军事指挥机构，白崇禧成为南京国民政府首届国防部长，长住南京。1947年初，由于原来居住的兰园9号公馆过于拥挤，白崇禧便租下了雍园1号作为南京的住所，雍园1号成了著名的白崇禧公馆。

雍园在梅园、桃园附近，新中国成立前是南京著名的高级住宅区之一，环境幽美，公馆林立，形态各异。1号是其中的大宅，气势非同一般，原是一大资本家的产业。二十世纪四十年代，它的左边和前面都是公馆，右边和后面有几个清澈的水塘，水塘周围有水杉树林和一块块绿色的草坪。雍园1号有高达2.6米的红砖围墙和厚重的古铜色木门，别具中国四合院的风情；院内却是东西错位、南北相向而立的两幢西式洋楼，红色，两层。院子前部和两幢洋楼之间是修整得十分雅致的小花园，四季花艳草绿。白崇禧搬进来之前，公馆稍稍做了装修，围墙上安装了铁丝网，增设了卫兵值班室。院内右侧的空地被利用起来新盖了房子，供参谋、警卫、司机、勤务及其家属居住。在公馆的右侧，现在的梅园粮站后面空军某部操场方位，当时有一座活动木屋，是白崇禧的副官刘仲庸的办公室兼居室，后来才知道刘仲庸是中共地下党员。

东洋楼由白崇禧的姑姑、姑外甥和哥嫂住着，白崇禧对长辈极为孝顺，经常去向姑姑问安，姑侄相处十分融洽。白崇禧和夫人马佩璋住在西洋楼的二楼，有两室一厅，面积大约六七十平方米。厅兼作书房和会客室，坐具主要是木制的，墙上挂着几幅山水画和红色围幔遮盖的地图，与白崇禧的儒将风格较为吻合。两室分别是白崇禧和夫人的卧房。白崇禧的卧室陈设也极简单，只有一张双人床、一只床头柜、一个落地衣帽架，墙上挂着一张白崇禧本人手握佩剑的戎装照片。西洋楼的一楼是儿女们的卧室，平时因为他们大多分散在上海、武汉等地，显得比较清静；一到节假日，一家人常常是在南京相聚，很拥挤也很热闹，几代同堂的白公馆充满了温馨和喜气。

白崇禧信奉回教，平时不苟言笑，对当时达官贵人中流行的搓麻将、抽大烟深恶痛绝，家人和下属对他都比较敬畏。但白崇禧绝非不近情理之人。当时白崇禧的随从薪水较低，又拖儿带女的，白崇禧特准他们的家属在公馆周围的水塘中养鱼放鸭，贴补家用，这在民国南京达官贵人的公馆中也是绝无仅有的。他对子女要求也很严格，但“三小姐”和“七少爷”两个老小不管那一套，活泼顽皮，常常缠着白崇禧陪他们玩耍，这位严父也就常常“情不自禁”，因此，外表森严的白公馆传出的也有平常人家父子、父女的嬉闹声。

白崇禧是党国要员，因而注定了白公馆传出的不仅是寻常人家的笑语。白公馆是桂系头目们聚谈的重要场所。1948年，李宗仁竞选总统时，李宗仁、黄绍竑就经常在雍园1号与白崇禧晤谈，商量对策。白崇禧足智多谋，被称为“小诸葛”，出主意的常常是他，他是新桂系实际上的军师。为了给李宗仁拉票，夫人马佩璋还曾在公馆里请国大代表的夫人们吃别有风味的桂林米粉，白公馆成了李宗仁竞选副总统的大本营。

1947，白崇禧以国防部长的身份向蒋介石提出了“守江必守淮”的战略方针，主张华中只能成立一个战区，以期兵力能够集中使用；华中“剿总”设在蚌埠，以重兵运动于江淮河汉之间，巩固南京政治中枢的防卫。白在历史上多次与蒋合作又多次反蒋，蒋三次下野都与白崇禧有很大关系，蒋介石知道白乃难以控制之人，如果拥兵太重，将难以处置，因此坚持在徐州成立另一个“剿总”，以其嫡系将领刘峙为总司令；华中“剿总”不设在蚌埠而设在武汉，也仅指挥江北上游部队。白崇禧认为将中原划分为两个战区，缓急不能相顾，根本违背了他“守江必守淮”的战略方针，如此分兵使用，后果将不堪设想。蒋介石惟恐白崇禧尾大不掉，不但不准所请，而且免去了他的国防部长职务，调武汉任华中“剿总”总司令。白崇禧不肯就任，宴请李宗仁等到雍园1号家中对其诉冤说，如果蒋介石不接受他“守江必守淮”的原则，他决不接受蒋的任命。白夫人也在旁边说：“你们把德公选为副总统，而把我们健公拉下台了！”语中多有抱怨之意。1948年6月28日，在别人劝说下，白崇禧还是在汉口就任华中“剿总”总司令，住在雍园1号的时间少了。

1949年，解放军总攻南京前，国民党高级将领更是频繁出入白公馆。直到4月19日，南京已经避免不了失守的命运，白崇禧才匆匆离开雍园1号，退往武汉，连卧室墙上挂的自己的戎装照片也未及取下。

后来，李宗仁、白崇禧经营多年的桂系武装在广西战役中基本被解放军歼灭，“小诸葛”输掉了自己的政治资本。在蒋介石的威逼利诱下，白崇禧上了蒋的贼船，先逃往海南，后再飞台湾。去台后，白崇禧只任了个“总统府战略顾问委员会副主任委员”的闲职，因为老搭档李宗仁还逍遥于外，他更为孤立无援，连行动也受到较大限制，白家从此不复当年。1954年的“国民大会首届二次会议”上，他被四十多名“国大代表”以“克扣汉口中央银行金银巨款、防守华中失职”的罪名联名弹劾。自此以后，他进入了半退休状态，平时以写字、读书、下棋、打猎、游山玩水消闲解闷，1966年12月2日在台北松江路127号住所猝然去世。

大家庭的兴衰，感受最深的往往是子孙。有了白家的家国兴衰，白崇禧之子白先勇才写出了《游园惊梦》等名篇。白先勇曾有过这样一段谈话，不妨抄在这里：

> 我是在抗日战争中出生的，可谓生于忧患。十一二岁从大陆到香港再到台湾，从一个世界跑到另一个世界，我那时刚开始了解周边的人和事；但童年时代认识世界的依据一下子改变了，我在心目中所建立的世界刚开始就毁灭了。目睹人事变幻得那般迅速，令我产生了一种人生幻灭无常的感觉。我刚到台湾时，肚子里不禁纳罕，哎吆，怎么住进一个小茅屋子里去！去年重访上海时，我请朋友吃饭的饭馆碰巧就是我家的故宅，除了觉得巧合外，还不免觉得有沧海桑田之叹。真是个“旧时王谢堂前燕，飞入寻常百姓家”。

白崇禧一生戎马，家也是天南海北地搬迁，南宁、桂林、重庆、上海、南京、武汉都有他的住房，等住到了台湾，白家才真正的是家不家国不国了。1946年至1948年间，白先勇主要住在上海（上海也有白家的大房子，比如多伦路上的白公馆），后来也是从上海去的香港，再去台湾，在南京的时间不多，但是到南京就意味着家庭团聚，南京雍园1号留给他的更多的是家庭的欢乐和美。如今，白先勇早已是美国公民，但是，正如他在接受记者采访的时候所说的，他“一身如寄，回到了自己的房间，也不觉得到了家，飘飘浮浮的”。“在美国，我想家想得厉害，那不是一个具体的‘家’，一个房子，一个地方，或任何地方——而是这些地方，所有关于中国记忆的总合，很难解释的，可是我真想得厉害。”白先勇大概这辈子不可能再找到“家”的感觉，只能是那么“飘飘浮浮”着。

南京解放后，雍园1号和其他一些民国公馆一样，由江苏省有关部门代管。五十年代末，雍园1号被分成了两个园子，原来的南北两座洋楼分别在南北两个园子里，南园和北园现在住的是军区和省委的离休干部；后来又多次改造，增修了小阁楼，花园的空地上也增建了小平房。作为公馆，实在是不伦不类了。

1948年，白先勇离开南京，三十九年后重返故都，曾在雍园1号旧居前留影。在《石头城下的冥思》一文中，白先勇表达了他当时的心绪：

> 我是民国三十七年冬离开南京的，在中山码头上的船，滚滚长江，一别就是三十九年。1987年再回大陆，上海

苏杭，访旧有之，更多的是赏心乐事。可是重返故都，心情不同，火车才一进站，眼底江山，已经感到满目凄凉起来。

找到了南京旧居，大悲巷雍园1号的房子依然无恙，连附近的巷陌、比邻的梅园新村也没有多大变动……

重游雍园，白先勇几欲泪下，我无法确定他心中想了些什么。他重游中山陵时说："看到国父手书'天下为公'四个大字，一阵悲痛，再也按捺不住，流下了几十年海外飘零的游子泪。想想国父当年缔造民国的崇高理想，面对眼前龙蟠虎踞一水中分的大好河山，怎不教人怆然涕下。"这应该是白先勇真实的感受。

西流湾8号

在国民党达官贵人中，周佛海算得上是一个多愁善感的人，加之他在南京西流湾的公馆几次遭遇变故，周在他的公馆上寄慨颇多，成为同类中极少数为自己的公馆吟诗作赋的人。抗战胜利之后，汉奸周佛海先是被国民党首都高等法院判处死刑，后在亲属和故旧的说项下，蒋介石以国民政府主席的身份发表《准将周佛海之死刑减为无期徒刑令》，下令对他特赦。监狱中，周佛海吃着难以下咽的饭菜，想起西流湾公馆的"好像一幅图画"的美景和养尊处优的公馆生活，百感交集，写下了《忆西流湾故居四首》：

暮霭苍茫夕照斜，饮烟缕缕万人家。
四围山色红如血，独立高楼看晚霞。

青草池塘绿柳堤，淡烟漠漠草萋萋。

庭花也改人非旧，故向东风怨别离。

柳映池塘竹映窗，月华依旧白如霜，
深宵步月人何在？空负残花院角香。

月明人静柳丝垂，彻耳蛙声仍旧时。
底事连宵鸣不住，伤心欲唤主人归。

好一个“伤心欲唤主人归”！周佛海不愧是个才子，这已经有点李煜的味道了。周佛海宦海沉浮，西流湾的公馆确实成为他舔舐伤口的地方，难怪他感慨尤深。他后来病死狱中，公馆池塘里的青蛙只能是“伤心欲唤主人归”了。

周佛海，1897年生于湖南沅陵县一个贫苦家庭，少年丧父，后来筹措到一笔旅费，只身去日本留学，主修经济。1920年暑假期间回国，在上海加入中国共产党早期组织，1921年7月，周佛海代表留日学生中国共产党小组出席中国共产党第一次全国代表大会。从日本京都帝国大学毕业后，曾任广东大学、武昌商业大学、上海大夏大学教授。1924年脱离共产党加入国民党，表现出政治立场的摇摆性。不过改入国民党后相当一段时间，周佛海的所谓事业发展还是比较顺的，这客观上倒也说明了当时国民党对文人的重视——国民党政府当时搜罗了大量的留学归国人员。1928 年，周在上海办《新生命》月刊和新生命书店，自己也出了几本小册子，与后来和他一起成为汉奸的陶希圣被称为“理论家”。1928年，以中央党部指定特别代表身份出席国民党三大，并出任国民政府训练总监部政治训练处处长。1931年成为国民党第四届中央执行委员，第二年出任江苏省政府委员兼教育厅厅长。1935年在国民党五大上再度当选为中央执行委员，并出任国民党中央党部民众训练部部长；抗日战争爆发后，周佛海把官一直做到国民党中央宣传部代理部长。正如他自己说的：“我在中央不能算是失意，不能算是没有地位。一个毫无凭借的穷学生，挣扎到当时的地位，不能算是一件容易的事……”（《回顾与前瞻》，1939年7月22日至24日上海《中华日报》，收入周佛海：《周佛海日记》，北京：中国社会科学出版社，1986年）虽然他努力为自己投敌做种种的开脱，但以他对抗战前途的悲观态度，他是特别害怕失去已经取得的这一切的，他甚至还要实现他更“远大的政治理想”，因此，在汪精卫集团投敌过程中，他是最积极的人之一。汪伪时期，周佛海任伪财政部部长、伪中央储备银行总裁、伪行政院副院长、伪军事委员会副委员长，并先后任伪警政部部长、伪中央政治委员会秘书长、伪中央税警总团团长、伪物资统制审议委员会委员长、伪上海市市长等要职，掌握着财政、经济、特务以及军事、外交等关键权力，他是汪精卫叛国以及成立伪政权的主要策划者和组织者，伪政权成立后自然也成为汪伪集团的核心人物之一。表面上看，周佛海实现了他的“远大抱负”，以他的贫寒出身，免不了沾沾自喜，有时竟不敢相信自己真的成了数一数二的人物。出外访问考察，住在历史上一些大人物曾经住过的地方，往往有亦真亦幻之感，简直不敢相信是真的。日本投降，周佛海“面向未来”，又向蒋介石频抛媚眼，被蒋介石委任为国民党军事委员会上海行动总指挥部总指挥，成为国民党政府抢占抗战胜利果实的马前卒。

西流湾8号是周佛海和妻子杨淑慧在南京四下考察后选定的公馆地址，1932年4月初开始动工兴建，当年11月竣工，12月全家迁入，周佛海时任江苏省教育厅厅长。这座公馆称得上是世外桃源，三面绕塘，垂杨翠竹，绿波荡漾。踏进大门就是一个宽阔的庭院，穿过庭院的小圆门，是一个花园，花草树木，假山曲径，甚是怡人。花园后面，两幢西式洋楼相对而立，一幢两层，一幢三层，三层的一边角呈椭圆形突出，颇具艺术匠心。除了两幢二十二间房子外，还有平房六进二十八间，规模够大的了。

西流湾8号之所以有名，更重要的原因是这里曾是当年臭名远扬的“低调俱乐部”的大本营。西流湾是“一·二八”淞沪抗战以后的建筑，周佛海吸取教训，未雨绸缪，特地在花坛之下建了一个地下室，这在当时的公馆建筑中是不多见的。加之这里环境异常优美，因此西流湾8号自建成后，便成了不少国民党要人聚会的“沙龙”。“八一三”淞沪会战后，南京空袭警报响起，国民党军政要员中凡是与周佛海够得上关系的，就更是要往那儿跑了，西流湾一时间成了达官贵人的“避难所”，名声大噪。当时，常住西流湾8号的权要就有：大本营第二部部长、江西省政府主席熊式辉，国民党第三战区副司令长官顾祝同，第三集团军总司令朱绍良，第五战区游击总指挥李明扬，国防参议会议员陶希圣，南京江宁实验县县长兼第十区行政督察专员梅思平，军委会办公厅秘书处处长兼侍从室秘书罗君强等，至于偶尔到西流湾8号的人那就更多了，如军事委员会第六部部长陈立夫，主管对日关系的外交部亚洲司司长高宗武，以及文化界名人胡适、张伯苓等。另外，周其时任侍二处副主任，是主任“军机大臣”陈布雷的副手，因此陈布雷也是这儿的常客，据陈布雷日记记载，仅1937年8月23日至11月13日这段时间内，陈布雷就到这儿来了11次，与周佛海、陶希圣、梅思平、罗君强等人反复讨论时局，商量如何通过高宗武打通对日外交路线。

周佛海说：“这次的中日战争真是冤枉极了。因为是阴差阳错地打起来，就不能糊里糊涂地打下去。”周实际上一直在谋划对日和平的问题。当时的国民政府最高当局对中日关系也存在分歧：一是战必大败，和必大乱；二是和必大乱，战未必大败；三是战必大败，和未必大乱。周佛海说：“我研究的结果，竟得第三种看法是对的。”周在1939年所写的回忆录《回忆与前瞻》中回忆说：“我和几位朋友，就一面设法约人直接向蒋先生进言，一面设法传布我们的主张。凑巧主张相同的几位朋友，有些住在我家里，有些每日必来。于是空气渐渐传出，渐渐引起外面的注意了。但是我们毫不顾忌，而且把我们这个小小的团体叫作‘低调俱乐部’。”据说这一“雅号”还是当时胡适给取的。周佛海这里给昔日的同僚留了面子，并未点当时参与其事，但仍在重庆国民党政府中做事的人的名字。罗君强写于中华人民共和国成立之后的《伪廷幽影录——对汪伪政权的回忆》毫不避讳：

"蒋方内部最高统帅部的两个幕僚长何应钦、张群，都是愿和不愿战的。汪精卫和陈布雷、周佛海，以及陶希圣等，也经常密议如何收拾残局，导致媾和问题。""'低调俱乐部'的臭名一经传出，引起大家注意。于是熊式辉就警告周佛海说，这样传出将大有不利。周以后才专和高宗武、陶希圣两人密谈，然后出去和汪精卫、陈布雷接头。"胡适和陈布雷等后来都远离了"低调俱乐部"，坚定了抗日的立场，而周佛海、陶希圣、梅思平、罗君强等"低调俱乐部"的核心人物后来成了汪精卫卖国投敌的"四大台柱"，周被认为是汪精卫集团的"总参谋长"，陶被称为汪精卫的"政治参谋"，高被称为汪精卫的"开路先锋"。汪精卫卖国集团的形成及最终走上卖国之路，与"低调俱乐部"关系甚大，西流湾8号的地下室给了"低调俱乐部"一个"偷安"的场所。

特别耐人寻味的是，据周佛海日记记载，1937年9月2日，刚被国民党政府释放的共产党领袖陈独秀曾造访西流湾8号，"陈独秀来，谈中国前途，主张如无自力更生之望，则须依赖一国，经济上附庸，政治上独立；俄国时机已失，当于英、日两国中择之"。不知这"依赖一国"与周佛海等人的汉奸理论有没有共通之处。如果周佛海没有说谎，共产党人叶剑英、朱德、周恩来也是到西流湾8号来过的，那是在第二次国共合作正式确立之前，"其时共产党方面，叶剑英、朱德和周恩来等来到了南京。他们与我是从前认识的，所以他们也常在我家里出入，一起吃饭，和做别的事情"(《中日事变秘闻：我的斗争记》，收入《周佛海日记》一书)。不知周佛海这"别的事情"指的是什么。

日本飞机轰炸南京期间，周佛海常为西流湾的宅邸担心，“如长此下去，生命即可侥幸保存，房屋恐难幸免”（1937年9月22日日记），“本日全日在警报中，敌机六次轰炸南京……幸京宅尚安”（1937年9月25日日记），对自己住房安全的关心也属人之常情，但周佛海也未免太患得患失了。1937年底日军侵入南京前夕，周佛海离开西流湾8号，随国民党政府到武汉、重庆，时间是1937年11月20日，这次与公馆的别离，周佛海颇为依依、凄凄：

……定下午上船赴汉，盘桓各室，苦不忍离。忆居此房将近四载，一旦离去，不知重来何日，且园中一草一木，房屋一瓦一石，均系余与淑慧心血结晶，数载经营，弃于一旦，伤心曷极！惟念及国家前途，又觉此事过小耳……余用西流湾八号信封写最后二信……三时廿五分，遂离西流湾上船。别矣，西流湾！后会恐无期也。（1937年11月20日日记）

这种离别的情绪实质上与他对中国抗战的悲观态度直接相关。到了重庆，他仍继续从事他的“和平运动”。1938年12月5日，周佛海以视察宣传的名义逃离重庆，充当策应汪精卫叛逃的先遣人员。在昆明，“散步庭院，见绿蕉疏竹，不禁苦忆西流湾京寓花木之盛”，惶惶之中的他仍是经常想起他南京西流湾的公馆。1940年3月，汪伪政府在南京成立。作为汪精卫的亲信重臣，周佛海为安排汪伪“国府还都”，于1940年3月18日从上海回到南京，下榻在中央饭店，西流湾在战争期间已破败不堪。据周佛海日记记载，他当晚彻夜难眠，“回首前尘，无异一梦”。逃离重庆时，原以为可以“大展鸿图”，哪知道情况并不妙，国内千夫所指，汪伪集团内部斗争激烈，日本人对他们控制很严，甚至还要让他的子女去日本读书，以为人质，周佛海日常生活也是飘忽不定，担惊受怕。他太需要一个躲避身心偷安的安乐窝了，修复西流湾公馆成了当务之急。3月20日，周佛海与日方交换“国府还都宣言（草案）”后，迫不及待地赶赴西流湾故宅查看，“断瓦秃垣，荒烟茂草，令人有荆棘铜驼之感”，尽管“桃花如故，池水依然，但是周围的杨柳，和一片竹林，已经连影子都没有了”。呆立在花坛前，他不禁想起三年前离开南京时的情景，当时以为“今生今世，无再返旧宅之时，今竟归来，亦当时始料所不及也”。故国不堪回首，此时的周佛海“愉快的心境”竟“远过于酸辛的情绪”，似乎“满园春色，今因主人的重回，一树一木，都觉得格外的风光”，这大概就是所谓苟且偷安、苟且偷欢了。不仅如此，他还沾沾自喜，“一年努力竟达目的，彼此甚为欣慰，大丈夫最得意者为理想之实行。国民政府还都，青天白日满地红重飘扬于石头城畔，完全系余一人所发起，以后运动亦以余为中心，人生有此一段，亦不虚生一世也！今后困难问题固多，仅此亦足以自豪”。（1940年3月31日日记）

1940年7月6日，西流湾周佛海公馆修葺一新，周佛海一家搬进旧居，想当初“凄凉离此，以为今生今世不能重履斯土，孰知今仍迁回？人事变化，实难预测。惟迁入后觉事事均如昔日，似未曾离乱者，盖居住已久，虽暂时离开，而惯性仍在也……别此屋两年余矣，仍宿此，过去种种，宛如昨日也”。（1940年7月6日日记）在他看来，什么住所也比不了这里安逸舒心。周佛海本来就是个不安分的人，加之当了汉奸，虽然嘴上理由十足，心理上的压力还是很大的。因此这里虽然舒适，平和的心态是没有了。在日本人“领导”下对付国人，加之内部倾轧，那感觉应该是很糟糕的，说他苟且偷生倒是一点不为过。一个人心理上压力过大，如果再看不到前途，往往要纵情声色，醉生梦死，借此至少可以减压、忘忧于一时。《周佛海日记》中无数次记述自己“饮酒甚多”，以至醉卧不起的情景。周任汪伪财政部部长，而当时所谓财政主要在上海，后来又任上海市市长，因此经常来往于京沪之间，借机与上海当红女伶筱玲红姘居，老婆杨淑慧知道后闹得天翻地覆，当时在京沪一带传为笑柄。酒色那时候实际上成了周佛海的麻醉剂，以周佛海摇摆的性格，这种麻醉免不了还要恶性循环。周佛海在家庭的强大压力下决定与筱玲红分手，为此他还写了一首诗：“想见无端别亦奇，申江风月总迷离；从今洗刷历年错，誓志专心理国机。”这又是在自欺欺人。当时的汉奸们醉生梦死，是有其生理和心理依据的。

从《周佛海日记》的细腻记述中，可以了解周佛海这段时间的公馆生活。陈（公博）、梅（思平）、丁（默邨）、罗（君强）等汉奸头子隔三差五地来访，商讨让他们忧心忡忡的时局，日本各方人士也是这里的常客，周佛海僚属的碰头会更是经常在这里举行，所以这里免不了的是人来人往，周佛海也免不了成了一个大忙人，几乎每天都要到夜里12点左右才能睡觉。经常住在这里的还有夫人杨淑慧和他们的女儿。日记里多次写到周佛海夫妇谈到深夜甚至彻夜不眠，周颇有歉疚和悔恨，看得出来他对杨淑慧还是挺有感情的，几次陪她去玄武湖、鸡鸣寺、台城以及东郊风景区等著名的南京风景点游玩散心，甚至邀梅思平、罗君强等来公馆陪她打牌散心。阴影主要还是所谓时局带来的。1942年3月24日记载："……偕淑慧、世庭、玉薇及君强夫妇，赴古林寺及玄武湖散步。年余未至玄(武)湖矣，江山依旧，人事全非，回首前尘，百感交集……"3月30日又记："……光阴似箭，还都已二年矣！国计民生两无成就。余为主持还都最重要之一人，当时万不料还都后艰难困苦如此其甚，至今思之，令人气馁。目前势成骑虎，惟有本不屈不挠之毅力，突破万重难关。磨铁可以成针，聚土可以成山，假以时日，成功虽迟，断非绝望也。下午偕淑慧、玉薇赴明孝陵观樱花。新仇旧恨，纷至沓来，其何以遣此也。"周佛海最忧虑的还是汪伪和自己的前途。抗战后期，周佛海为了给自己留条后路，向在重庆的蒋介石政府输诚，脚踩几条船，更是每天担惊受怕，惶惶不可终日。公馆虽舒适，心病不除，哪来幸福可言。

1943年1月11日下午，不祥的事件终于光顾，西流湾8号无端失火，周佛海的日记对此事前后记述颇详细：

……门前人声嘈杂，意谓副官口角，正奇异间，副官来报火起，当即出视，屋顶已冒火。当时尚以为不至成灾，转念间将重要文件皮包三只，自行携带下楼，淑慧亦拣取重要物件。旋火大风急，即时蔓延，幸淑慧镇定，用人得力，抢出物件一部。十五分钟消防队至，而友邦海军之消防队尤为得力。与淑慧及杨老太立花园中，立视十余(年)之旧居化于一炬。汪夫人首先来慰问，旋亲友均来，友邦要人亦纷来慰问。幸仅焚三楼及二楼，至下层及后栋尚能保存。当偕眷属赴民谊家小憩。汪先生亦亲临慰问。晚，在汪先生家便饭，宿于民谊家。(1943年1月11日)

夜不成寐。念十年来朝夕与共之宅第付之一炬，损失尚在其次，未免有恋恋之意……散会后巡视焚毁情形，颇觉凄凉，半小时之内，燕居之所即化为乌有，询(洵)梦想所不及也……承汪先生之情，令暂居迎宾馆。此地为孙科长铁道时所建，事变前汪先生任行政院长时曾住此，事变后西尾大将住此，后经交涉退回，作为迎宾馆。建筑虽胜于旧居，然究不若旧居之安适……(1943年1月12日)

后来，为这次失火，周佛海又特地写了《走火记》一文，刊于《古今》半月刊第16期，并且再次回顾建房经过和作为“低调俱乐部”大本营的原委：“我们这些人，都是主张在相当时期结束中日事变的。在当时抗战到底的调子高唱入云的时候，谁也不敢唱和平的低调。所以我们主张和平的这一个小集团，便名为‘低调俱乐部’。”“低调俱乐部”的活动场所现在“走火”

了，周佛海也觉得不是一个好征兆。

在迎宾馆住了两个月，日本首相东条来南京，虽只住一日，周佛海尽管“伤风甚剧”，竟主动将房子让给东条住，自己搬到珞珈路；东条走后，他又搬回，忙得杨淑慧差一点病倒。周佛海对日本主子的逢迎于此可见一斑。汪精卫设宴招待东条时，东条对汪戏言：“周院长（周时任伪行政院副院长）搬家的损失，应请汪主席赔偿！”居然引起“各人皆大笑”，不知笑的是哪门子。

1944年5月16日，西流湾8号修缮完毕，周佛海一家在外面住了一年零四个月后搬回。形势对汪伪集团越来越不利，所以周佛海在当天的日记中说：“……房舍一新，花木无恙，不禁悲欢交集。非余故说不吉利话，处此乱世，不知在此屋居住若干久，而此屋又能存活若干久也。”这些不吉利的话不久就应验了。1945年抗战胜利，西流湾8号被作为伪产没收，改为国民党高级将领招待所；主人在强大的舆论压力下被判处死刑，后几经周折改判无期，住的不是公馆，而是监狱。透过铁窗，仰望明月，周佛海不禁慨叹：“长巷沉沉梦正阑，银河迢递漏声残。中庭寂寞门深锁，月色惟从瓦上看。”1948年2月28日，在写了《忆西流湾故居四首》后不久，西流湾8号原主人周佛海心脏病复发，口鼻流血，死于南京老虎桥监狱。

我们现在看到的原西流湾周佛海公馆在南京鼓楼区西流湾9号，院落的另一扇门开在中山北路150–1号。楼房为青砖砌筑，外墙不加粉刷，十分朴素，只是在檐下和阳台的栏杆处稍加花饰。如今这里即使有青蛙，也不会知道周佛海是何许人也了。

“无枫堂”

在民国首都南京，除了国民党军政要员和外国驻华使节外，只有极少数人有自己的公馆，大画家徐悲鸿是其中之一。徐悲鸿在南京的时间不长，他在南京傅厚岗4号的公馆“无枫堂”称得上是他的伤心之地。

因受聘为中央大学教授，徐悲鸿于1928年举家由上海迁来南京，先是住在石婆婆巷，后来又搬到丹凤街52号中央大学宿舍。当时徐悲鸿和夫人蒋碧微还没什么钱，盖不起自己的公馆。他们的宿舍在一幢老式的两层楼房里，里面还住有中央大学的另外三位教授。徐悲鸿分得其中的四间，蒋碧微的父母当时也和他们住在一起，因此显得特别拥挤。没有画室，无法进行大幅创作，徐悲鸿只好到中央大学艺术系为他准备的两间房子里作画，地点在中大靠东北角的围墙内，墙外就是成贤街北口，这两间房子一间开了大玻璃天窗作为画室，一间作为他的藏书室。好在从丹凤街去中大的这两间房子并不远，途中想必要经过北极阁和鸡鸣寺，这条路，徐悲鸿走了四年。当时的中大艺术系集中了一批造诣高深的教授，除了徐悲鸿外，还有吕凤子、汪采白、张书旗、潘玉良、陈之佛，后来又来了吕斯百、傅抱石等，艺术气氛好，在那间简陋的画室里，徐悲鸿还创作出了特大油画《田横五百士》和《徯我后》等名作。

徐悲鸿太需要自己的带大画室的公馆了。所幸当时他已是颇有名气的天才艺术家，人们对知识分子和艺术家也较为尊重，国民党元老吴稚晖肯出资3 000块现大洋为徐悲鸿买宅基地，客观上也能说明这一点。民国之前的南京人习惯住在城南，鼓楼一带在民国之后才发展起来，吴稚晖出资买下的这块地皮在南京鼓楼坡的北面。这里本是大片的坟地，相当荒凉，国民党政府定都南京后，随着“建设新首都”计划的启动，房地产业火爆，地价飞涨，3 000块大洋的巨款当时只买到两亩的坟地。特别的是，这块坟地上有两棵巨大的白杨树，据说当时全南京城这样的大白杨树只有三棵，另外一棵在城南。两棵白杨树身高达数丈，京沪路的火车驶近南京将到下关的时候，因为当时还没有高楼大厦，人们在火车上就可以远远地看见它们。

地皮买下了，没钱房子还是盖不起来。蒋碧微曾回忆其时她多次带着孩子和女佣到这块地皮上徘徊，憧憬着起于这片土地上的庭院楼阁。后来到了1932年，还是由吴稚晖发起，许多人捐资凑起一笔钱，徐悲鸿公馆才终于动工。设计者姓卞，夫人毕业于中央大学艺术系，是徐悲鸿的学生，卞氏的设计想必是尽力的。房子终于在1932年12月建成了，徐悲鸿、蒋碧微一家子从拥挤的中大宿舍搬进了新居。

傅厚岗4号徐悲鸿公馆，是一座精巧别致的西式两层小楼，客厅、餐厅、卧室、浴室、卫生间齐全，徐悲鸿的画室更是气派，高1.6丈，长3丈，宽2丈。那两棵白杨已经被围在院子里，周围是篱笆筑成的围墙，徐悲鸿的大画室正在两棵白杨的树荫之下。一进大门就是碧草如茵的前院，女主人当年在公馆落成之后就在院子里植上了草皮，点缀了花木，梅竹扶疏，桃柳掩映。房子内部的陈设是法国风格，雍容典雅。女主人还在院中的草地上安上了两把大的遮阳伞，伞下放上圆桌和藤椅，可以在草地上乘凉消闲。蒋碧微游历欧洲多年，也有较好的艺术修养，她的公馆布置想来是不俗的。

但是，舒适的住房、美丽的庭院无法使心绪不好的人心旷神怡，良辰美景、香车宝马也只能给幸福的人带来幸福。徐悲鸿一家搬进新居之时，"九一八事变" 发生一年有余，国难当头，民不聊生，徐悲鸿将新公馆名为 "危巢"，取居安思危之意。正如他在《危巢小记》中所说："古人有居安思危之训，抑于灾难丧乱之际，卧薪尝胆之秋，敢忘其危，是取名之意也。" 但蒋碧微认为 "危巢" 之名不吉利，"危巢" 也就未能叫响。在《危巢小记》中，徐悲鸿还以被置于庭院的黄山松自况："黄山之松生危崖之上，营养不足，而生命力极强，与风霜战，奇态百出。好事者命石工凿之，置于庭园，长垣缭绕，灌溉以时，曲者日伸，瘦者日肥，奇态尽失，与常松等，悲鸿有居，毋乃类是。" 看来，徐悲鸿对精致的公馆生活并不满意。在客厅的墙上，是一副对联："独特偏见，一意孤行”，横批是“应毋庸议”，字如斗大，是泰山经石峪刻注的墨拓本大字。画家黄苗子第一次见徐悲鸿就是在傅厚岗公馆，他当时也被“这副气魄雄健、出语惊人的大对联怔住了”。这副对子与徐悲鸿所坚持的“一个艺术家要诚实、要自信”、“人不可有傲态，但不可无傲骨”、“不要为名誉和金钱创作，不要为阿谀世上创作”等是一致的。《蒋碧微回忆录》曾多次提到这副对子，她对徐悲鸿的这种脾气是比较恼火的。

精致的公馆对艺术家徐悲鸿确实并不合适。歌德就说过，奢侈的房间布置“终归是一种化装，从长远观点看，不会使人感到舒适”，这种布置“产生于一种空虚的精神境界和思想方法，所以它只会加强这种空虚的思想境界”（艾克曼：《歌德谈话录》，洪天富译，南京：译林出版社，2022年，第152页）。他甚至认为：“摆着舒适而美观的家具的环境抵消我的思想，置我于舒适的被动的状态之中。除非从年轻时就习惯了，华丽的房间和精美的家具只适合没有思想或不想有思想的人使用。”（第404页）这种“华丽的房间和精美的家具”对从小过惯了贫寒和动荡生活的徐悲鸿反而是一种挤压。“危巢”是真正的“危巢”，“危巢”之“危”不仅指国难当头，民不聊生，也不幸言中了徐悲鸿和蒋碧微的情感婚姻。

他俩的结合曾是当时的一段佳话。蒋碧微生于宜兴的望族，宜兴南门大人巷里的蒋宅高墙巍峨，连绵数进，据说是当时宜兴城里最大的房子。蒋碧微是蒋家的次女，本名棠珍，1916年其父蒋梅笙在上海复旦大学当教授，蒋碧微随父在上海读书。当时徐悲鸿从家乡宜兴到上海发展，经人介绍去拜访这位前辈乡贤，徐悲鸿的人品才貌不但深得这位前辈的赏识，也赢得了蒋碧微的芳心。可惜的是，蒋碧微在13岁时就由其堂姐做主，许配给了苏州的查紫含。但生长在传统大家庭的蒋碧微却有勇气与出身寒微而且是丧妻的徐悲鸿悄悄恋爱起来。后来徐悲鸿得到哈同花园总管姬觉弥的一笔资助去日本留学，这位蒋二小姐跟着偷偷到了日本。在去日本的大海上，徐悲鸿将刻有“碧微”二字的水晶戒戴到她的手指上，“蒋棠珍”由此成了“蒋碧微”，时年18岁。女儿和人私奔，对名门望族的蒋家来说是件很不体面的事，况且也不好向已经定亲的查家交代。蒋家无奈之下，只得宣称蒋棠珍已因疾病身亡，并在宜兴家中设了灵堂。出殡时，为免起疑心，棺材里放进了石头。多少年后，宜兴城里对此事还是津津乐道。在日本，在欧洲，蒋碧微和徐悲鸿度过了一段同甘共苦的日子，徐悲鸿作于法国的油画《箫声》中吹箫的女子不知倾倒了多少人，而这女子的原型就是蒋碧微。也正是在这段时间内，徐悲鸿在美术界建立起了他的赫赫声名。

生活安定之后，特别是住进了傅厚岗的公馆后，他们之间的矛盾才渐渐显露出来。他们两个不但性情不和，生活态度也迥异，随着时间的推移，双方之间的裂痕越来越大。对他们这样的两个人来说，能“共苦”而不能“同甘”有其必然性，往往与忘恩负义无关。“苦”时，为了改变生活状况，为了一段时期内共同的生活目标，双方的矛盾被掩盖；一旦一方功成名就，苦尽甘来，差异凸现，磨擦、冲突也就不可避免。2001年9月14日，中央电视台《人物》栏目播出徐悲鸿专题，徐悲鸿和蒋碧微的女儿谈起她对父母的印象，态度非常诚恳。她谈话的大意是：父亲生活非常简朴，基本上是棉衫外加长衫，皮鞋实在不能再穿了，就到旧货摊上去买，而对艺术却是爱到无以复加的地步，花再多的钱也在所不惜。而母亲的穿着却超过了讲究的层次；喜欢请客，一请就是很多桌，她是把沙龙夫人的一套搬到家中来了。徐悲鸿和蒋碧微之间最大的问题就是生活态度的巨大反差，他们之间的龃龉和情感危机主要发生在傅厚岗4号的公馆中。清官难断家务事，徐、蒋孰是孰非外人恐难评说，大概也只有公馆知道了，傅厚岗4号目睹、见证了一切。所谓“家人”，“家”和“人”是连在一块儿的，人不和，再美的房子也是徒然。不和之人即使住在宫殿里，也避免不了家庭事件的发生。徐悲鸿在中央大学艺术系任教授时，对女学生孙多慈的艺术才能颇为欣赏，师生感情甚笃。蒋碧微认为徐悲鸿移情于孙，背叛了她的感情，自然是不能容忍，大吵大闹，弄得满城风雨。公馆落成时，孙多慈以学生身份送来枫苗百棵，以作点缀新居庭院之用，本也无可厚非，用心也颇为不俗。蒋碧微得知此事，无法容忍，大发雷霆，竟令用人折苗为薪。作为艺术家的徐悲鸿面对这种事，自然是痛心不已，遂将公馆称为“无枫堂”，称画室为“无枫堂画室”，并刻下“无枫堂”印章一枚作为纪念。这是艺术家徐悲鸿的纪念方式，也是他的反抗方式。于公，他将公馆命名为“危巢”；于私，他又称之为“无枫堂”，可见傅厚岗这座公馆在他心上留下的伤痛。

两人在政治上也有分歧。蒋碧微和张道藩曾劝徐悲鸿为当时中国的一号人物蒋介石画像,徐悲鸿就是不肯。不但如此,徐悲鸿还到处奔走,把被国民党当局逮捕入狱的田汉营救出狱,安排住在自己的公馆中。田汉出狱后继续进行抗日戏剧运动,徐悲鸿政治上又受到流言蜚语的中伤,离家出走,在广西等地游览、创作,组织义卖,为抗战筹集资金。他在广西不但为当时蒋介石的政敌李宗仁画像,还在《广西日报》上撰文,指责蒋无礼、无义、无廉、无耻。蒋碧微在张道藩的影响下,希望徐改变反蒋态度,并亲赴桂林游说徐悲鸿,遭拒绝后,两人又大吵一场,不欢而散。

1938年,徐悲鸿又曾与孙多慈相聚,但因孙的父亲反对,二人无奈地分手,孙后来经人撮合嫁给了当时的浙江省教育厅厅长许绍棣,徐、孙从此天各一方,偶尔有书信来往,再以后连音信也断了。"急雨狂风势不禁,放舟弃棹匿亭阴。剥莲认识中心苦,独自沉沉味苦心。"徐悲鸿在这首诗中表达了自己与孙多慈分手后的苦楚。孙多慈在赠徐悲鸿的诗中有这样两首:"极目孤帆远,无言上小楼。寒江沉落日,黄叶下深秋。风厉防侵体,云行乱入眸。不知大地外,更有几人愁。""一片残阳柳万丝,秋风江上挂帆树。伤心家园无穷恨,红树青山总不知。"幽怨之情充溢于字里行间。1953年9月26日,徐悲鸿在北京英年早逝,当时在台湾师大艺术系任教的孙多慈得知这一消息,悲痛万分,为恩师守了三年孝。

抗战期间，徐悲鸿多次努力和蒋碧微和好，甚至满面流泪地乞求，但因为蒋碧微正与张道藩爱得如火如荼，对徐悲鸿有的只是嫌恶，和好是根本不可能的事。蒋碧微将她在重庆的住室命名为“宗荫室”，“宗”是张道藩给蒋碧微写情书时专用的名字，“宗荫室”怎么能接纳徐悲鸿呢？后来二人终于在重庆协议离婚，做证律师是大名鼎鼎的沈钧儒，蒋碧微从徐悲鸿那儿得到了一百万的赡养费和一百幅画。徐悲鸿后来还将油画《琴课》送给了蒋碧微，此画亦作于法国，画的是蒋碧微在巴黎练习小提琴的情景，是蒋碧微特别喜欢的一幅画。

抗战胜利后，徐悲鸿连到公馆凭吊往事的机会都没有了。傅厚岗公馆的房子和地皮当时都是用儿子伯阳的名义在市政府登记的，二人离婚时并未提到房子的事，蒋碧微是儿子的监护人，自认为“有权处理这幢房子”，徐悲鸿也一直没有提出房子问题，公馆因此实际上成了蒋碧微一个人的房产。抗战胜利后，张道藩先回南京，曾特地为蒋碧微到傅厚岗去查看房子，并将情况写信告诉了蒋碧薇。蒋碧微从重庆回到南京，与女儿两人住在公馆里，蒋碧微在回忆录中说：“……两母女住在那么大的一幢房子里，不免感到相当的冷清。尤其回忆前尘往事，当年筹建新屋时的兴奋欢欣，一家团聚的和乐融融，仿佛都在眼前，又仿佛距离已远。如今华屋依旧，人事全非……”蒋碧微后来将公馆略加修缮，高价出租给了法国新闻处，自己则在院内的空地上另盖了一座新楼，与她出双入对的已经换成了国民党要员、中宣部部长张道藩。

我曾从电视上看到徐悲鸿和蒋碧微在傅厚岗公馆门前的合影，想想徐悲鸿和蒋碧微之间的欢悲合离，心中不由得隐隐作痛。蒋碧微写《蒋碧微回忆录》时说："我以'真实'为出发点，怀着虔诚之心，一个字一个字地写下我半生的际遇，我一心坦荡，只有衷诚感恩之念，毫无睚眦必报之心，我在我的回忆录中抒写我所敬、我所爱、我所感、我所念的一切人与事，我深信我不会损害到任何一位与我相关的人。"睚眦必报，蒋碧微倒是没有，但"感恩"却也谈不上。蒋碧微总结她与徐悲鸿一起走过的岁月，说："如此我从18岁跟他浪迹天涯海角，二十多年的时间里，不但不曾得到他一点照顾，反而受到无穷的痛苦和厄难……"（《蒋碧微回忆录》）这哪还有对人世的"感恩"？仅从徐悲鸿以蒋碧薇为模特所作的画像中（大概有七幅，除了上面提到的《箫声》《琴课》外，还有《凭桌》《裸裎》《慵》《静读》《传真》），我就能读到徐悲鸿对蒋碧微的脉脉深情，或者说是曾经有过的脉脉深情。男女感情一旦破裂，心中难免怨恨，但就此否定以往的一切，心未免太狠了一点。从中国古代的怨妇诗一直到如今女作者回忆自己消失了的爱情的散文，我读到的只有怨恨，没有感恩。好在从男性作者的同类文章中，我还时常能读到忏悔和感激，我因此对人世间的男女之情不至于太失望。

1946年，蒋介石召开"国民大会"，蒋碧微以社会贤达身份当上国大代表，这可能与张道藩的举荐有关。据说每次开会她都要换不同的新装，而且色彩艳丽，虽然她已是半老徐娘。与张道藩过从甚密，也是许多报纸的花絮新闻。有家报纸在花絮里还写到她在休息室里和别人唱和，其中有这样两联：一是“秋水长天同碧色，落霞孤鹜逐微风”，一是“天黏芳草碧，山抹暮云微”。两联都嵌入了“碧微”二字，前者化王勃《滕王阁序》里的名句，后者化秦观词《满庭芳》。这个蒋碧微实在不是等闲女子。在傅厚岗公馆，蒋碧微还是免不了时常要大宴宾客，除了张道藩外，胡小石、宗白华、陈之佛、潘公展、傅抱石等都是她家的座上客，这些也都是徐悲鸿的朋友或学生，但是这样的聚会原来的男主人徐悲鸿是没法参加了，所谓“围炉共话少一人”！

徐悲鸿和蒋碧微生有一子一女，离婚后随蒋碧微生活，但由于家庭变故，蒋碧微又与张道藩相恋，儿子伯阳和女儿丽丽先后离家出走，1949年都留在了大陆。解放军攻克南京时，女儿徐静斐（丽丽）由共产党派到南京参加工作，三过家门而不入——傅厚岗公馆已经人去楼空，蒋碧微只身去了台湾，此后再也没有回来过，也从未与徐悲鸿和一双儿女有过联系。去台后，张道藩对她也逐渐冷淡，蒋碧微在孤寂中去世。我们可以不赞同蒋碧微的生活方式，但实在也不能苛责于她。徐悲鸿与蒋碧微离异后，对他们之间的事避而不谈，大概是怕揭自己心中的那块伤疤。徐悲鸿后来的夫人廖静文女士在《徐悲鸿的一生》中，谈到蒋碧微的时候，每出溢恶之词，我觉得也是不够厚道的。廖和蒋连情敌都算不上——徐悲鸿与廖静文相识时，早已与蒋碧微分居，廖连见到蒋的机会估计都没有，更不要说有多少直接的了解了。

傅厚岗原徐公馆至今仍在。潘孑农先生在《金陵拾梦(之三)》(《南京史志》1988年第2期)一文中诉说过“傅厚岗前的怀念”:

最近到南京小住,从玄武饭店出来散步,不知不觉地走近傅厚岗,顿时想起老画师徐悲鸿先生当年自建的寓所,就在这里上坡的小路边。很想寻找旧址,凭吊这位可亲可敬的忘年交,但徘徊良久,找不到一点痕迹。怀念的思绪,竟被默默地抽长了,抽长了!

1929年田汉先生率领南国话剧团到南京公演,在一次盛大的宴会上,我认识了悲鸿先生。后来我迁往四牌楼,靠近中央大学,和他见面的机会较多,更由他而拜识了宗白华、胡小石教授。徐先生非常关心话剧,偶有演出,只要送座券去,他总和夫人蒋碧微准时到场,有时还坦率地提点意见。因此,我也不时去徐先生寓所拜访,无所拘束地任意闲谈,徐先生和颜悦色,使我如坐春风,得益匪浅。

回忆那两座两底的西式楼房,隐围于精编的竹篱之中。一进门,碧草如茵的前院,点缀着疏淡的花朵,两大株白杨树荫下,是徐先生的画室,楼下客厅,楼上是卧室。春禽夏蝉,偶尔划破静寂的庭院,充满了诗情画意。然而就在这恬美的家庭里,徐悲鸿与蒋碧微的夫妻感情,正潜伏着破裂的危机,终于在抗日烽火中凶终隙末,分道扬镳于重庆。如今双方均已逝世,共栖的旧巢即使尚存,也是不堪回首了。

潘先生的感慨我也是有的，虽然徐悲鸿、蒋碧微以及他们在傅厚岗的公馆与我并无直接的关系。那么多年过去了，傅厚岗所在的鼓楼也是南京变化最大的地区之一，但潘先生没有找到的旧址我还是找到了。现在编为傅厚岗4号的原徐悲鸿公馆据说为南京师范大学所有，大概是因为徐悲鸿原来是中央大学的人，解放后院系调整时中大的艺术系被划到南京师范学院（后来改为南京师范大学）的缘故。我找到这里时，原来这里的住户已搬走，从院门的门缝里可以看到它一楼的墙上挂着“江苏省徐悲鸿研究会”的铜牌，估计不是每天都有人上班，敲了半天也没人来开门。它的右前方原是傅抱石公馆，傅抱石先生当年由徐悲鸿介绍来中大艺术系任教，两家还做了邻居。两位艺术家如今都到了另一个世界，不知是否依然比邻而居。我敲开了傅家的门，傅家的后人也不常住在这里，看门的人告诉我，从傅家的院子也是没法进到4号的院子里的。我只好又折回来，站在自行车的后座，从围墙上勉强摄下了原徐悲鸿公馆的照片。院内有高大的广玉兰，估计是当年所栽；那两棵高大的白杨据说早在抗战期间就被人伐去了。大概是没人居住的缘故，院内荒草萋萋，一只猫从草丛中钻出来，盯着我看了好长时间。

再后来路过那里，见“无枫堂”已装修一新，为南京徐悲鸿纪念馆。

参考文献

1. 曾国藩:《曾文正公手书日记》,南京:凤凰出版社,2010年。
2. 沈云龙主编:《李文忠公(鸿章)全集》,台北:文海出版社有限公司,1980年。
3. 赵佑宸,蒋启勋修,汪士铎纂:《金陵全书》(甲编·方志类·府志)22—24卷《光绪续纂江宁府志》,南京:南京出版社,2011年。
4. “南京稀见文献丛刊”,南京:南京出版社,2006—2023年。
5. “文化南京丛书”,南京:南京出版社,2006—2008年。
6. 卢海鸣,杨新华主编,濮小南副主编:《南京民国建筑》,南京:南京大学出版社,2001年。
7. 曹路宝主编:《记忆1865》,北京:方志出版社,2007年。
8. 祁海宁,龚巨平:《南京大报恩寺史话》,南京:南京出版社,2008年。
9. 钱理群:《周作人传》(修订版),北京:华文出版社,2013年。
10. 周作人著,止庵校订:《知堂回想录》(上下),石家庄:河北教育出版社2002年。
11. 徐昭武主编:《追寻鲁迅在南京》,北京:中国画报出版社,2007年。